一首のものがたり

短歌《うた》が生まれるとき

加古陽治

東京新聞

一首のものがたり　短歌《うた》が生まれるとき　目次

本書は東京新聞夕刊で二〇一三年二月から不定期連載の「一首のものがたり」に加筆、再編集。本文中の年齢、所属、肩書などは連載時のものです。

一首のものがたり　短歌《うた》が生まれるとき

青年死して七月かがやけり
軍靴の中の汝《な》が運動靴

「詠み人知らず」30年の真相

一九八一年七月半ば、連日の熱帯夜が明けた朝のことだった。国学院大学（東京都渋谷区東）の西門をくぐる文学部教授（当時）の歌人岡野弘彦（88）の目に、黒く縁取られた畳二畳ほどの看板に書かれた短歌が飛び込んできた。

青年死して七月かがやけり軍靴の中の汝が運動靴

十一日の未明、アパートで何者かに殺された自治会メンバーに向けた挽歌《ばんか》だった。その横を学生たちが関心を寄せることもなく通り過ぎてゆく。ぎらぎらと照りつける太陽の下で、軍靴の集団に踏みにじられる運動靴の若者。上の句の美しい調べと下の句の鮮烈なイメージにより組織暴力を告発する歌に、岡野は深く感動し、その場で何度もつぶやいて記憶にとどめた。

誰が作ったのか。会いたいと思って自治会室に電話したが、ベルは鳴り続けるばかりだった。学生たちに尋ねても知る者はいない。四年後、岡野は雑誌『中央公論』八五年八月号の連載記事で、この歌を「帰ってこない歌声」として紹介。九〇年に出した自著『歌を恋うる歌』にも収録した。短歌総合誌『短歌』二〇〇四年八月号の特集「101歌人が厳選する現代秀歌101首」でも「遅れてきた死への挽歌」と題して、小文をつけて取り上げた。それでも作者は現れなかった。

「あなたの歌が高く評価されているので送ります」

そんな手紙とともに歌人の鈴木英子《ひでこ》(51)のもとに『國學院大學新聞』が送られてきたのは、あの日から二十三年後、二〇〇四年五月のことだ。

岡野が「絶叫短歌」のパフォーマンスで知られる歌人・福島泰樹(69)との対談で、この歌に触れ「はっと胸を打たれた」「ついにね、作者はわからずじまいです」「あの年の『詠み人しらず』の秀歌だと思います」と語っていた。事件当時、鈴木は国学院大学二年で短歌研究会(短研)に所属していた。殺された青年は学生自治会の文科団体担当として部室に出入りしていたから、よく知っていた。

「いつも青いワイシャツを着ていました。コーヒーを飲みに来てはほかの人の話すことを聞いているような人でした」

事件翌日の学生総会で追悼の言葉を話したほどだから、鈴木による挽歌と受け取られても不思議ではない。被害者が遺したノートには「短研に行くと心が安らぐ」とあり、鈴木の名も書かれていた。だが、実際の作者は違った。

「私は仲が良かった分、歌が作れませんでした。澱《おり》のように溜《た》まる気持ちを消化できなかったんです」

誤解されたままでは申し訳ない。そう考えた鈴木は〇五年、歌集『鈴木英子集』のあとがきで真相を告白する。

あの朝、鈴木が目にしたのはこんな光景だった。部室がある旧若木会館二階に上がろうとすると、内階段の踊り場で先輩が刷毛《はけ》を手に立て看板を書いていた。〈青年死して〉の歌だった。ふだん立て看板を書くのは鈴木の役目だ。「なのに何で？」と思って尋ねると、その先輩が言った。

「短研の担当の大木君が殺されたんだ」

文学部四年の安藤正(53)。彼こそが、真の作者だった。安藤は東京・中野の自宅で事件の連絡を受けると、すぐに学校に駆けつけた。「内ゲバで寝込みを襲われた」とだけ聞いた。あとで分かったが、「大木」という名前は偽名だった。

安藤は鈴木と違い、青年と親しかったわけではない。だがなぜか心を駆り立てられ、気がつくと追悼の歌を作っていた。「あなたの死は輝きを持っていたという鎮魂の思い」を込めた。「無記名のレクイエム」だった。

立て看板を書いた記憶はすっかり抜け落ちているが、通り掛かりの自治会メンバーに「誰の歌?」と聞かれたことは覚えている。とっさに「岸上《きしがみ》（大作《だいさく》）です」と答えた。安保闘争の渦中に恋心をナルシスティックに歌った〈血と雨にワイシャツ濡《ぬ》れている無援ひとりへの愛うつくしくする〉で知られ、一九六〇年の冬に自死した学生歌人。なぜか自らの作とは言えず、二十年も前の先輩の名を口に出した。

以来、安藤は「無記名の挽歌」と割り切り、名乗り出ることを控えてきた。鈴木が送った歌集で、岡野は作者を知るが、歌の「生みの親」と「育ての親」が顔を合わせるまでには、さらに七年を要する。

三十余年の時を超えた対面は一二年十一月、国学院大学で開かれた岡野の歌集『美しく愛《かな》しき日本』出版を記念する講演会で実現した。

「岡野先生、九十期の安藤です。〈青年死して〉の作者です」。サイン会が終わった頃合いを見計らって安藤が声をかけると、岡野は「ああ」と声を上げ、驚きの表情に変わった。探し求めていた作者が姿を現した瞬間だった。

　学生の手で生み出され、教授の手で広まった「詠み人知らずの歌」。鈴木が言う。

「その時の大人から見たらくだらなくても、それぞれが一生懸命に時代を生きてきました。岡野先生はこの歌を取り上げることで、その生に対して明確な意味を与えてくれた。短歌には、一首でそう思わせる力があるんです」

▲自治会メンバーが殺された翌日、国学院大西門に追悼の短歌を書いた立て看板が出された。歌人岡野弘彦（左）の手で「詠み人知らず」の名歌として紹介された歌を作ったのは、文学部4年（当時）の安藤正（右）だった

膝下を津波にしやぶられ寒かりき
夢と見てゐし家流るるを

佐《さ》藤《とう》成《せい》晃《こう》『地《じ》津《つ》震《しん》波《ば》』

詠むべし、三十一字の現実

天井まである本棚から落ちた本が、書斎の床に散乱していた。その様子をカメラに収める。家の中にある町内放送のスピーカーが避難を呼び掛けていたが、「高台だから大丈夫」と思っているから気にも留めない。宮城県女川町の自宅は、女川湾を望む高台にあった。その時、玄関から男に声をかけられた。

「津波だ。逃げろ！」

家の前で工事をしていた作業員だった。表を覗《のぞ》くと、庭にある下水管の蓋《ふた》から逆流した汚水が噴き出している。元高校教師の歌人佐藤成晃（75）はすぐにジャック・ラッセル・テリアの愛犬タロー（六歳）を抱きかかえ、家を飛び出した。妻の修子《のぶこ》（71）も近所のおばあさんの手を引き、後に続く。

家の前まで水が来ていた。その水に膝の下まで舐《な》められながら、坂道を必死に上った。やっとのことで津波の爪から逃れた佐藤が振り返ると、目の前に信じられない光景が広がっていた。

濁流とともに押し寄せてくる小型船や自動車、小さな家々。カチャ、カチャと互いがぶつかり合う音がする。その波に自分の家が浮かび、すぐ上にある広場まで押し流される。そこで向きが変わり、今度は引き波に乗って一気に女川湾に呑《の》まれていった。雪がちらつき、肌寒い午後だった。

「何かの映像のようで、現実感がありませんでした」

二〇一一年三月十一日、佐藤はこうして命拾いし、住む家やたくさんの思い出の品々を失った。近所の家も軒並み流され、集落だけで約四十人が亡くなった。町内の親類縁者の死者は二十七人に上る。

幸い一番の高台にある修子の従姉妹《いとこ》の家が無傷だった。「暗くならないうちに」と瓦礫《がれき》の合間を縫ってたどりつくと、十五、六人の避難民であふれ返っていた。濁流を泳いで、ずぶぬれの人もいる。翌日、町の体育館に避難するが一晩で引き返し、以後、友人夫婦を含めた三夫婦六人の共同生活が四十日続いた。佐藤がメモ帳に歌を書きはじめるのは、その最初の晩のことだ。

「星のきれいな夜だったなあ」

正確には歌というより、欠片《かけら》のようなものだった。五七五七七の五七五だったり七七だったり。被災後の日常の中で折々に体験したことを書き留め、歌の形に仕上げていく。歌詠みとして、この現実を残すべきだと思った。

体育館から戻った日、集落のなかで三人の遺体を見つけた。

「私の屋敷にもあったんですよ、女房にはずっと後まで言えませんでしたが。しばらくは『戻って家を建てよう』とか話してましたからね」

女川町の死者・行方不明者は八百七十人に達した。十五メートル近い津波に直撃された街の中心部に暮らしていた修子の姉一家も行方が知れない。家は三階建てだったが、濁流にひとたまりもなかった。佐藤は四十日の間、毎日のように姉一家を探して歩く。

遺体写真二百枚見て水を飲む喉音たてずにただゆつくりと

海から揚がった遺体は、仙台市近郊の利府町の総合体育館に安置されていた。佐藤は親族とそこに通い、遺体の写真をあたった。

「引っかき傷や何やらでひどい状態のことがあるんです。写真に紙が貼られていて、めくってみると顔がなかったり。写真を見て卒倒する人もいました」

実際は二百枚どころではない。それでも「姉一家には行き当たりませんでした」。姉と息子夫婦の三人のうち、ずいぶんたって息子の妻の遺体が確認されたが、残る二人は今も見つかっていない。

住む家を流されたことで深い喪失感に襲われるのは、しばらくあとのことだ。従姉妹に「梅干し、今日で終わりだ」と声をかけられた修子が答える。「うちに行けばあるから」。その瞬間「あっ」と顔を見合わせる二人。「うち」はもう、この世に存在しない――。「そんなんで笑ったり、悲しんだりしてね」

差し込まむ穴無き鍵の捨てられず流されし家の玄関のカギ

家の鍵をキーホルダーにつけたまま持ち歩いている。差し込むべき穴のない鍵。女川を離れ、仙台市内の「みなし仮設住宅」に暮らす今も、どうしても捨てる気になれない。

佐藤は、震災以前に『縄文の雨』と『壮年の尾根』という二冊の歌集を出し、地元で短歌教室を開くベテラン歌人だ。だが、目の前の過酷な現実を歌うとき、なるべく「修辞」を捨てようと思った。「文字にすることで既に事実ではない。装飾すれば、二重にこ

▲右上から時計回りに、宮城県女川町の自宅跡で津波の様子を振り返る佐藤成晃、佐藤が撮影した津波後の集落の写真（2枚）、今も捨てられない自宅の鍵、手製の歌集『地津震波』

の現実から遠ざかるから」

　所属する短歌誌『音』に送った歌が、一年で百二十五首になった。それを手製の歌集『地津震波』にまとめ、百五十人ほどに送った。当初の題は「地震津波」だったが、「このしっちゃかめっちゃかさは、何か違う」と感じ、「地震」と「津波」という二つの言葉をシャッフルした。

　瓦礫が片付いた自宅跡に二〇一二年、コスモスの種をまいた。秋になり、人けのない集落を美しく彩るピンクの花々。佐藤はもう、そこに住むことはない。

すさまじくひと木の桜ふぶくゆゑ
身はひえびえとなりて立ちをり

岡《おか》野《の》弘《ひろ》彦《ひこ》『滄《そう》浪《ろう》歌《か》』

一生、桜を美しいと思うまい

茨城・鉾田《ほこた》に向けて大阪をたった軍用列車が、夜遅く東京の山手線を通過しているときだった。ゴー、ゴーというエンジン音とともに米軍機B29の大編隊が上空に現れ、焼《しょう》夷《い》弾を落とし始めた。

プス、プス……。焼夷弾は車両に突き刺さり、天井を破って落ちてくる。あっという間に棚の上の毛布に引火し、車内は火の海となった。昭和二十（一九四五）年四月十三日の深夜から翌未明にかけて、サイパンとグアムをたったB29計三百五十二機が東京の北部を中心に一万六千発近い爆弾を投下した城北大空襲。一晩で約十七万戸が焼け、約二千五百人が犠牲になった。

一月に国学院大学の予科から入隊したばかりの二等兵は「命よりも大事」とされた三《さん》八《ぱち》式歩兵銃と防毒マスク、乾パン入りの雑《ざつ》嚢《のう》を持つと、車外に飛び出した。歌人岡野弘彦（88）の若き日の姿である。

「初年兵が銃を忘れたんです。班長に『銃を忘れるヤツがあるか！』と怒られて、また火の中に飛び込んで行き、帰りませんでした」

客車は巣鴨―大塚間の谷になっているところに停車していた。岡野はいったん土手を上るが、熱風が舌となって地を舐《な》め、トタンやドラム缶が飛んでくる。とても我慢などできない。結局、また下に降り、地域の住民たちと線路脇の溝の水をかけあいながら、朝を迎えた。

大塚駅から北に一キロの庚申塚《こうしんづか》付近で被災した瀬戸和男（85）によると、その晩、警戒警報は鳴ったが、空襲警報はなかった。巣鴨方面が真っ赤に燃えているのを見て、自転車を必死にこいで板橋方向に逃げた。戻ってみると、自宅は焼け落ちていて、見る影もなかった。

防空壕《ごう》の中で、路上で、倒れた家の下で――。大勢の無辜《むこ》の人々が命を奪われた。

大塚駅周辺は一面、焼け野原だった。今でこそ池袋にその地位を奪われているが、戦前の大塚は城北地区一番の繁華街だった。映画館や寄席、さらには三業地と呼ばれた花街があり、昭和十九年に当局に接収されるまでは、デパートの白木屋大塚分店が営業していた。そのすべてが灰燼《かいじん》に帰してしまった。岡野は七、八人の兵とともに残留を命じられ、そこで遺体や軍馬を片付けた。

「最初は真っ赤に焼けた大隊砲です。次に軍馬の死体や死んだ兵士を、頼まれて市民の遺体も運びました」

　二人一組となって素手で手足を持ち、まだ火がくすぶっている旧白木屋ビルの近くの空き地に運ぶ。一番辛《つら》かったのは軍馬を運ぶときだ。はらわたが帯のように伸び、異様なにおいが鼻を襲う。激しく嘔吐《おうと》しながら、黙々と運んだ。ここもまた一つの戦場のようだった。

　焼けた列車に寝泊まりしながら、五日間、現地に残った。それから岡野は、鉾田の大隊本部に合流する。坂道を上り、本部のある学校の門に来ると、短い盛りを終えようとする桜が花吹雪となって舞っていた。幹部候補生の座金がついたラシャの軍服に、はらはらと花びらが降りかかる。死んだ人間と馬の脂に汚れ悪臭を発する軍服と、白くてけがれのない花びら。岡野は幽鬼のように立ち尽くし「桜は恐ろしい花だ。俺は一生、桜を美しいとは思うまい」と誓った。

　本土決戦に備えて、霞ケ浦周辺を転々としながら終戦を迎えた岡野は、国学院大学に復学し、折口信夫《おりくちしのぶ》（釈迢空《しゃくちょうくう》）が主宰する短歌結社「鳥船《とりふね》社」で短歌を学ぶ。だが、この忘れられない体験が歌になるまでには、戦後八年近くを要した。封じ込めていた感情の噴出は、いきなりやってきた。

一九五三年四月末、折口や高弟の作家伊馬春部《いまはるべ》（一九〇八〜八四年）、戸板康二《やすじ》（一九一五〜九三年）、国文学者池田弥三郎（一九一四〜八二年）らと伊豆の川奈ホテルに投宿したときのことだ。のんびりとベッドに寝転がって夕方の海となだらかな芝生を眺めていると、少年兵だった当時の体験が言葉となって湧き上がってきた。


枕木をかさねし上に友のむくろつみあげて火を放たむとする

焼くることもつともおそき腹部よりふつふつと脂したたりやまず

大塚での五日間は「戦時羇旅《きりょ》」と題する一連などに叙事詩的に歌われ、後に第一歌集『冬の家族』に収められた。だが、桜の花をめぐる一首ができるのは、さらに二十年近くを経てからのことだ。

岡野が「特に愛着が深い」と言う第二歌集『滄浪歌』巻頭に置かれた十五首中の九首目。一見、恋の歌にも読める一連の中にフラッシュバックのように、桜吹雪の歌をはさみ込んだ。「繰り返し噴き出してくる」という、冷え冷えとした感覚。四半世紀以上かけて、やっと歌になった。

青春期に戦争の過酷な時代を生き抜いたり、死んでいったりした若者たち、つまり自分と同じ戦中派の思いを文学の言葉で伝える——。それが表現者・岡野の目指したことだった。志は今も変わらない。

「年を重ねるほど二十代の戦争体験が深くよみがえってくるんです。戦中派の文学を死ぬまで考えたい。不器用な僕の、生涯のテーマです」

▲本土決戦に備えて軍用列車で移動中、岡野弘彦は城北大空襲に遭遇。焼け野原となった東京・大塚で、人と馬の亡きがらを運んだ。右の写真は故石川光陽氏撮影。中央上は旧白木屋大塚分店

夕照《せきしょう》はしづかに展《ひら》く
この谷のPARCO三基を墓碑となすまで

仙《せん》波《ば》龍英《りゅうえい》『わたしは可愛《かわい》い三月兎《さんがつうさぎ》』

違うセンサーでとらえた渋谷

東京・渋谷は、谷の底にある。今は面影がないが、代々木台地を挟んで流れる渋谷川と宇田川がYの字のように合流する要が渋谷駅のあたりだ。

駅から五百メートル。川と川の間を台地へとなだらかに上る区役所通りに目を引くファッションビルが登場したのは、第一次石油ショックに見舞われる一九七三年のことだ。渋谷パルコ（パート1）。通りは「公園通り」となり、「すれちがう人が美しい」（パルコのコピー）街に変貌する。

七五年にパート2が、八一年にはパート3がオープン。おしゃれな若者が集まり、上り坂の時代を象徴する、明るいイメージに包まれた。

それを、まったく違うセンサーでとらえた男がいた。作家としても活躍した歌人の仙波龍英（一九五二〜二〇〇〇年）である。

フリーライターで食いつないでいた若き仙波は、日本の繁栄、消費文化の象徴のようなパルコを〈墓碑〉になぞらえ、重苦しく歌った。

「渋谷を歩いている時に浮かんだと言っていました」

親しかったフリーライターの秋月菜央《あきづきなお》（55）が証言する。「ずっと墓のイメージを抱いていたので、無意識のうちに結び付いたんでしょう。死への親和性が強い人でした」

周囲には当時、ほかに高いビルがなかった。太陽はパルコの裏手に沈む。逆光に黒ずむビルを谷底から見上げると、まるで巨大な墓碑のようだった。

世紀末を先取りしたようなイメージの歌とは裏腹に、歌人・仙波のデビューは華々しかった。最初の大舞台は、詩の雑誌『鳩よ！』だった。マガジンハウスが八三年十二月号から創刊したおしゃれな雑誌。その八四年八月号に、いきなり見開き二ページを与えられ「ファッショナブル短歌」七首が載る。

「机の上に集まった投稿の山をつくって、一通ずつ封を開けて読むんです。でも、仙波のだけは封筒が光ってたんですよ、ほんとに」

『鳩よ！』の編集者（後に編集長）だった文筆家の石関善治郎（58）が、真面目な顔で振り返る。それほど仙波の作品は際立っていたという。

石関は、後に坂本冬美が歌って大ヒットした演歌「夜桜お七」の作詞でも知られることになる歌人の林あまり（50）らとともに、仙波をたびたび登場させる。人目を引く二枚目の仙波は、ファッション誌に白スーツ姿で出たこともあった。

八四～八五年にかけて、仙波は歌集の準備を進めていた。早稲田大学時代、ミステリクラブに在籍して以来の友人で、歌人仲間の藤原龍一郎（61）と連日のように相談して、構想を固めていった。

詞書《ことばがき》を多用し、現代の風俗をふんだんに盛り込んだり、表紙に吾妻ひでお（63）のロリコンっぽい漫画を使ったり。初の歌集『わたしは可愛い三月兎』は、まさに仙波が「自分が思った形でやりたい」と願っていた通りの作品だった。

歌集専門の出版社を避け、現代詩作家の荒川洋治（64）が経営する紫陽社を選んだ。荒川は歌集を出版した経験がなかったが、仙波の「現代詩ともつながる新しい歌」を読み、出版を快諾する。「都市の冷気が伝わる歌」だと感じた。

「その歌には内省的な部分、『影』のような部分がいつもあります。はたからはうかがい知れない内面世界を抱えていた人だと思います」

「ナイーブで、口数の少ない、はにかみや。仙波さんとぼくは『言語表現』の同志という関係だった」

眉をひそめるような言葉を使い、一見ふざけているような歌もある「仙波流」。自身はその背景を雑誌でこう語っている。

〈才能がないから何やってもエピゴーネンになって面白くない。それならいっそこのこと『短歌史の流れとは無縁のところで現代を切り取ってやってみようか』って思ってね〉〈本当は短歌じゃなくたっていい筈なのね〉〈なぜ僕が『短歌』を書くかっていうと――自己弁護になっちゃうけど――やっぱり僕なりのコトバへのこだわり方なんだね。コトバを作るとき、見て、読んで、聞いて、それから独自のリズムを生んで、これがすべてうつくしければ一番すばらしいわけ〉(『TILL』4号)

伝統的な歌を作る多くの歌人たちからすれば、異端の歌人。だが仙波は「違うもの」を求め続け、歌壇でも一定の評価を得ていく。三十四歳だった八七年には俵万智、加藤治郎、坂井修一ら二十代の新鋭歌人たちの兄貴分として座談会(『短歌研究』八七年四月号)の司会役を務めたりもした。

九二年には「天才アラーキー」こと写真家・荒木経惟《のぶよし》(73)と共作で歌集『墓地裏の花屋』を出版。記念のトークショーでは、荒木や漫画家の内田春菊と渡り合った。活躍の場は短歌にとどまらず、ホラー小説にも広がっていく。

だが九三年夏を境に、順風だった人生は暗転する。きっかけは、書き下ろし小説の出版計画が頓挫したことだった。ショックを受けた仙波は、大田区北千束の自宅で酒におぼれるようになる。

翌年秋、輪を掛ける出来事が起きた。長く自宅二階を貸していた女性の出奔だった。漫画『めぞん一刻』のヒロインにちなんで「管理人さん」と呼んでいた女性は、同じ文芸の道を歩む同志的な存在で、酒浸りの仙波のことを気遣っていた。だが、ある日、ついに出て行ったきり戻らなくなった。彼女を愛していた仙波は、それから食事を取らなくなり、日がなビールを飲み続けた。

姉の山下とみ子(72)が心配して訪ねても、家に入らせない。二年後、電話が通じなくなった。とみ子が駆けつけると、大量のビール缶に埋まった部屋で、ベッドに寝たまま起き上がれない弟がいた。庭にまでたくさんの空き缶が散乱している。「あなた、どうしたの」と尋ねると、「ごめん」と呟いた。

以後、仙波はアルコール依存症のため、入退院を繰り返すようになる。一時は創作の再開に意欲を示したが、やがてそれも衰えていく。入院中の日記には、繰り返し「管理人さん」への切ない思いがつづられていた。

〈深い絶望感に陥ったまま。目を閉じると、彼女と過ごした楽しい想い出が次々と浮か

ぶ。（略）やりきれない〉（九六年七月五日）

〈これだけの不安のさなかにいながら管理人さんのことを想っている自分にガクゼンとした瞬間が、ちょっと前である。「そんなにも愛していたのか！」――改めてそう思うと、彼女という記憶がぼくの頭から完全に消えない限り、ぼくのこの病気は治らんな、と思う。（略）これはまともな人間の愛情ではない。改めて改めて驚いている。（略）もう、うんざりだ〉（九月十四日）

〈彼女は活々《いきいき》と幸福に生活してるんだ。もし龍太*。おまえが本当に彼女を愛しているなら、何を悩む。何を苦しむ。考えること、心に抱く思いはひとつだけだろうが〉〈管理人さんの幸福を心から望み、同時に「おめでとう」を繰り返すこと！／ほかにあるかい？／死んだのはぼくの方なんだ。／死者は、／この／仙波龍太／の方なんだよ。〉（九月十六日）

〈人生の中で、あれだけの幸福を与えてくれた管理人さんには感謝の気持ちだけを抱いていよう。もう二度とあんな素晴らしい人は現れないのは確信しているが、結局、それをぶち壊したのは、〝このぼく〟なんだから〉（九月二十三日）

病床でも小説の構想を膨らませた仙波だったが、ついに書けなかった。最後は姉の自宅に近い立川市のマンションに引っ越して闘病を続け、二〇〇〇年四月十日、部屋で亡くなっているのが見つかった。四十八歳だった。

近づく死を予言していたのか、『墓地裏の花屋』は不吉な一首で結ばれている。

われといふ時計は疾《と》うに停止して「なぜに
おまへは生きてゐるのだ？」

＊「仙波龍太」は仙波龍英の本名。

▲パルコ（左下）を起爆剤におしゃれに変わりゆく渋谷を重苦しく歌った仙波龍英（右）（磯谷良行氏撮影）。入院中の日記には「カオス（混沌）」をテーマにした小説のプロットもあった

日本を振りかへらざれ
わが前にひたむきにゐる若きらに向き

石川《いしかわ》一成《かずしげ》『長江無限』

ただ中国の学生たちのために

「奥さん、知ってる？　ご主人のこと、知ってる？」

一九八四年十月二十三日午後十一時すぎ、神奈川県藤沢市の高校教師・石川一成宅に一本の電話が入った。近くの電器店主だった。「（現場は）ここだから」。声の調子が普通ではない。妻恭子（78）は、夫の身に一大事が起きたと悟った。

駆けつけると、すでに救急車が出た後だった。病院に急行したが、なかなか会わせてくれない。「どうぞ」と言われて部屋に入ると、夫の顔に白い布がかけられていた。体はまだ温かいのに。医師に「何とかしてください」と泣き叫んだ。

この時期にしては、わりに暖かい日だった。神奈川県立厚木高校の教頭で、歌誌『心の花』の中心メンバーだった石川はこの夜、藤沢駅前の店で仲間の歌集出版記念会の打ち合わせを終え、名残りを惜しむように喫茶店に入った。オレンジヨーグルトを食べながら打ち合わせの役割分担などを詰めると、午後十時四十五分発の小田急相模大野行きの電車に乗り込んだ。最寄りの長後駅から家までは歩いて十二、三分。その途中、飲酒運転の暴走トラックにはねられた。五十五歳の若さだった。

二十六日、藤沢市辻堂の斎場で行われた告別式。石川を兄貴と慕う佐佐木幸綱（74）が弔辞を読み、「石川さん、悔しいでしょうね。遺された私たちだって悔しい」と繰り返した。参列者は、高校の教え子や短歌仲間ら二千人。その中で、ひときわ大声で号泣する若者たちが目を引いた。中国で石川から日本語を学んだ留学生だった。

神奈川県教委が中国側の求めに応じて日本語教師派遣を決めたのは、七八年秋のことだ。人選は難航した。文化大革命の終結から二年ほど。この年、日中平和友好条約が発効したばかりの「近くて遠い国」への赴任を心細いと考えるのも不思議ではない。

県教委は、現役の高校教師を一本釣りすることとし、まず県教育センターの研修指導主事（当時）の石川に白羽の矢を立てた。石川は二つ返事で派遣に応じる。東京文理科大学（現筑波大学）で漢文を学んだ石川にとって、中国はあこがれの地。恭子にかねがね「生きているうちに行ってみたい」と話していた。

七九年三月、石川は他の四人とともに中国に渡る。多くは上海や南京など、日本に近い大都会に派遣されたが、石川の行き先は長江のはるか上流の重慶だった。山に囲まれた盆地のへそにあり、夏は気温四〇度を超える「中国三大火炉（ストーブ）」の一つ。冬は霧が立ち込め、ほとんど太陽を見ることができない。

日中戦争当時の一九三七年から九年間、重慶は蔣介石（一八八七〜一九七五年）率いる国民党政府軍の首都だった。日本軍はその壊滅を狙って、三八〜四一年にかけて大規模な絨毯爆撃を行い、民間人を中心に一万人ともいわれる犠牲者が出た。戦後は工業都市となったものの、歴史的経緯から現地では対日感情がよくなかった。この日本人どころか、外国人が誰ひとり住んでいない異境にある四川外語学院（大学）で、石川は〈人間みんな同じです。同じであるという認識の中から違いを発見してゆくことだと思っています〉（妻恭子への手紙）をモットーに、ひとり教壇に立った。

学院に日本語の本はない。石川は毎日、遅くまでガリ版で教材を作った。「先生の指にはいつもペンだこができていました」。七九年秋に大学院一期生となった王敏《ワンミン》（58）は、時折痛そうに指を見る石川の姿をよく覚えている。

院生は十六歳から二十九歳までの十人。数万人の中から選抜された優秀な若者ばかりだった。酒やたばこを嗜《たしな》む者はいない。作文の宿題を出すと、字数制限をはるかに超えた長文ばかり。趣味を尋ねると、多くが「勉強です」と答えた。彼らの燃え立つような熱意に応えるべく、石川は文字通り身を粉にして働いた。

赴任して間もなく、市内の花見どころ・南山の桜が散りはじめたころ、思わぬ出来事があった。黄瀛《こうえい》（一九〇六〜二〇〇五年）との出会いだ。「日本から、いま届いたんです」。そう言いながら封筒をひらひらさせてひょっこりと眼前に現れたのが、日本では「生死不明」と伝えられていた黄だった。

黄は父親が中国人で、母親が日本人。戦前に東京・神田駿河台の文化学院で与謝野晶子（一八七八〜一九四二年）らの教えを受けた詩人で、高村光太郎（一八八三〜一九五六年）や草野心平（一八九九〜一九一六年）、高橋新吉（一九〇一〜八七年）らと交流があった。宮沢賢治（一八九六〜一九三三年）とも同人誌『銅鑼《どら》』の仲間だった。文化学院を中退して入学した陸軍士官学校の卒業旅行の際には、岩手・花巻の宮沢の病床まで出向いて実際に会ったこともある。

戦時中は国民党政府軍に加わり、終戦後、日本人の帰還業務を担当。親友の草野を収容所から救い出したり、「中国人女優」李香蘭こと山口淑子（一九二〇〜二〇一四年）の帰国に尽力したりした。しかし、そのことがあだとなり、中華人民共和国が成立してからは十数年にわたり投獄され、辛酸を舐めた。その伝説の詩人が、学院で教える同僚にいた。石川はこの偶然の出会いを喜び、黄と日本語で文学を語り合った。

黄は石川に詩（「あるカルカチュア―石川一成先生へ―」）を贈った。

〈先生よし／学生又よし／アイウエオ〉（略）〈先生、この暑さに和まずとかや／満身大汗《マンセンダーハン》、されど熱情十足《ゼエチンスーゾウ》／青葉の匂いがキャンパスをかこんで（後略）〉

石川は後に〈黄さんとの会話が楽しかった。これによって、どのくらい自分の孤独が慰められたかわからない〉（『余照尽くる無く』）と振り返っている。

だが、やがて不慣れな気候や暮らしによる体調の悪化と、「孤独地獄」が石川を苦しめるようになる。食事は油っこく、胃にもたれる。滞在先のホテルの電話室は鍵がかかっていて、気安く使うことができない。やっとのことで日本に電話しても、ほとんど声が聞こえない。一人歩きは許されず、監視役の青年がつく。盗難の被害にも遭った。「石川先生にとってホテル暮らしは軟禁生活に近いものだったと思います」（王敏）

赴任から一年になるころ、他の派遣教師の中に帰国を申し出るものが相次いだ。それでも石川は残留を決断する。大学の後輩で、南京に派遣されていた池田滋（78）に電話し、「太原（山西省）も上海も一年で戻るそうだ。天津も帰りたがっているようだが、俺とおまえだけは最後まで頑張ろうな」と言った。「つらさを決して見せない人でした」と、池田は振り返る。

そのころ作ったのが〈日本を振りかへらざれわが前にひたむきにゐる若きらに向き〉の歌だった。目の前に、懸命に学ぶ学生たちがいる。

〈やりぬかなくてはなりません。悲壮感の漂うこともあります。ただ中国のため四川外語のため、学生のためと気力をふるいおこしております〉

妻恭子への手紙に、そう記した。

「戦後、苦しい中で食べるものもなく、ひらすら勉強しました。今の日本の若者はかつてのように勉強しません」。王敏によると、石川は学生たちによくそう話したという。指導に食らいついてくる学生たちに、かつての自分を見ていたのかもしれない。若者たちの燃えたぎる熱意を支えに、深夜まで学生たちを指導した。

途中、病気にかかり一時帰国したが、また戻って二年の任期を全うした。学生たちは「中国で日本文学を学ぶ第一期生」として、それぞれ論文を仕上げた。

晩秋の雨の日のことだった。長靴を泥だらけにして教室に入ってきた石川が、ガリ版刷りの紙を配った。宮沢賢治の詩「雨ニモマケズ」が書かれていた。初めて賢治の詩と出会った王敏は、そのやわらかい言葉の奥に豊かな思想があることを知った。むさぼるように作品を読み、やがて「注文の多い料理店」を中国語に翻訳した。日本に留学して博士号を取り、法政大学教授となった今も賢治研究を続ける。

石川と過ごした日々が、その後の人生を決めた。

いつしか自らも教える立場となった王。「ひた向きに学ぶ若者たちに、全力で応えたい」。いつもそんな使命感を抱いて教壇に立っている。

あの時、自分たちに応えてくれた石川先生のように。

▲中国・重慶の橋にたたずむ石川一成（右下）。妻恭子への手紙に「ただ中国のため四川外語のため、学生のため」と記した。教え子の王敏（同上）は日本で研究者となり、恩師の遺志を受け継ぐ

あの夏の数かぎりなきそしてまた

たった一つの表情をせよ

小野茂樹《おのしげき》『羊雲離散《よううんりさん》』

永遠となった初恋の夏

机に向かい、献本の宛名を書く姿が目に入った。一九七〇年五月六日夕、東京・神田小川町にあった河出書房新社の編集フロア。歌人で編集者の高野公彦(71)は、残業する先輩の小野茂樹＝当時(33)＝を横目に会社を後にした。

「小野さんのタイムカードが残っていましてね。あとで見たら、午後六時四十三分になっていました」

自ら手掛けた英国作家ロレンス・ダレル(一九一二〜九〇年)の『アレキサンドリア四重奏』(高松雄一訳)の最終巻『クレア』が刊行間近。小野は、その献本のための宛名書きをしていた。前祝いに一杯ということだったのか、小野はこの晩、同世代で仲が良かった歌人の小中英之(一九三七〜二〇〇一年)と一緒に夜の街に繰り出した。

最後にたどり着いたのが銀座・三原橋のバー「ビルゴ」だった。クラシックのレコードが売りの、カウンター十席ばかりの小さな店。小野が所属した歌誌『地中海』の同人の女性が経営しており、ふだんからよく通っていた。クラシックファンの小野は、ハイボールを飲みながらドボルザークの「新世界より」やフォーレの「レクイエム」に耳を傾け、小中や店の女性に一歳の娘の瞳やしぐさの美しさを語った。

午前一時を回り、店を出た小野は流しのタクシーに乗りこんだ。いつもの手を軽く上げるポーズとともに「じゃあ」と言って走り去った、その数分後だった。車は昭和通りの分離帯に激突した。放り出された小野は、後頭部を強く打ち、頭蓋内損傷で朝方亡くなった。前年に歌集『羊雲離散』で現代歌人協会賞を受賞したばかり。当時、最も注目されていた歌人の前途洋々の未来は失われ、歌が残された。

中でもよく知られているのが、この一首だ。

あの夏の数かぎりなきそしてまたたつた一つの表情をせよ

恋の歌であることは疑いない。だが〈あの夏の数かぎりなき〉かつ〈たつた一つの〉表情とはどんなものか。小野は生前に語らず、今もさまざまに解釈される。

歌の背景には、実は長い物語があった。始まりは小野の中学一年生当時にさかのぼる。東京教育大学付属中学校（現筑波大学付属中学校）の同級生に一人の聡明な少女がいた。後の妻雅子（76）である。

「中学時代は特別な印象はありませんでしたが、高校に入って仲良くなって」

小柄で物静か。一年生の三学期に長期間病欠したこともあり、中学時代の小野は目立たない存在だったが、すでに短歌を作りはじめていた。高校に入ると、雅子とともに校友会誌『高校桐蔭会雑誌』の編集委員となり、次第に親しくなった。デートでは、一緒に映画を見たり、詩や短歌の話をしたり。二年生の時には、小野が短歌六十首、雅子が抒情詩四篇を同じ号に載せている。その中には、小野の代表作の一つ〈秋の夜の風ともなひてのぼりゆく公会堂の高ききざはし〉もあった。

十代の淡い恋はしかし、卒業して一年ほどで終わる。断ち切ったのは、雅子の方だった。中学時代に両親を結核で亡くした雅子は、大学への進学を断念し、産業機械メーカーに就職した。十九歳の時、その会社の男性に求婚され、嫁ぐことを決意する。「八歳年上の人でした」。小野にはない大人の魅力があった。

「結婚するから、もうお付き合いできない」

雅子が別れを告げると、小野は「やめてほしい」と言った。しかし、雅子は引き留める小野を振り切って二十歳で結婚する。主婦となり、二児をもうけた。

二人の軌道が再び重なり合うのは、別離から八年たった六三年秋のことだ。小野が突然、雅子の家を訪れ「結婚することにした」と報告した。相手は、趣味のコーラスで知り合った女性だという。久しぶりの再会。それなのに昔と少しも変わらず、話が弾む。雅子は「やっぱり同級生っていいな」と思った。ふたりは小野が結婚した後もひそかに喫茶店などで会い続け、互いへの思いを深めていった。

〈あの夏の〉の歌ができたのは、こうして再び会いはじめたころのことだ。雅子の元に小野の創作ノートが残っていた。作ったのは六四年一月十六日。当初は〈あの夏の数かぎりなくそしてまたたつた一つの表情に死なむ〉と書いたが、後で〈なく〉を〈なき〉に、〈に死なむ〉を〈をせよ〉に修正した。

歌の順番も入れ替えている。創作ノートでは、五首を以下の順に並べている。

①さびしげにわれを待つよと片隅の人に近づくすでに目を外らし
②あの夏の数かぎりなきそしてまたたつた一つの表情をせよ

③日はあかく一樹の尖に夕づけば帰らむ恍惚の眼をさらしつつ
④禦ぎなく灯を流すよと行きずりの窓をうかがふ謀られたるか
⑤近づきし顔とのあひだをはやく去りし時のごときがわれを燃やしむ

小野はよく人を待たせた。喫茶店の片隅で待つ女性は、人妻だった雅子がモデルのようだ。雅子が自分ではなく別の男性を選んだ過去に苦しんでいた小野。冒頭の歌で目をそらしたのは、まだこだわりがあったからかもしれない。しかし、③の歌では、一転して逢瀬《おうせ》の喜びに満ちあふれている。

理由ははっきりしないが、「リュリー」と題して活字になった歌誌『地中海』*（一九六四年三月号）では、①の歌は削られ、以下のように並び順が変更された。

⑤近づきし顔とのあひだをはやく去りし時のごときがわれを燃やしむ

②あの夏の数かぎりなきそしてまたたつた一つの表情をせよ

③日はあかく一樹の尖に夕づけば帰らむ恍惚の眼をさらしつつ

④禦ぎなく灯を流すよと行きずりの窓をうかがふ謀られたるか

これが歌集『羊雲離散』（一九六八年三月）では、②が「顔」と題した十二首の連作の六首目に組み込まれたものの、あとは外されている。一方、「リュリー」でははっきりしなかった主題、つまり静かに燃える恋がドラマチックに歌われている。「顔」の一首目はこんな歌だ。

坂の上はさへぎりもなき夕映の失へばまた得がたきひかり

「もう二度と愛する人を失いたくない。絶対に手放してはならない」。そんな確とした思いが伝わってくる。四、五首目には、こうある。

開きたる胸乳のごとく空揺れて嫁がざる日のきみなしすでに

とびらとびら灯ともすときを額のみ光に残りなほ若き面

そして、②の〈あの夏の〜〉へとつながってゆく。

四首目の〈嫁がざる日の君なしすでに〉では、どうしようもないことだが、昔の恋人と目の前の人妻は違うということを自覚している。一方で、五首目では、彼女の表情に以前のような若々しさを認めている。どちらも現実だった。

だが、〈あの夏〉の少女の〈数かぎりなき〉表情は、いつも自分の方を見ていた。だから、それは〈たつた一つの表情〉でもあった。あのころのように、自分だけを愛し、自分だけを見つめる、とびきり晴れやかな〈表情をせよ〉。小野は、雅子にそう求めたのではないか——。

小野は後に意を決し、「どうしても結婚しよう」と、雅子に迫った。雅子も覚悟を決め、二児を残して家を出る。待ち望んだ愛の日々がはじまった。

「葛藤はありました。でも人生は一度きりですから」

二人はそれぞれの伴侶と離婚し、六六年四月に正式に結婚。翌々年には娘を授かる。〈あの夏の～〉の歌は、相聞歌（恋の歌）の名歌として広まり、いまでもよく引用される。二人の物語は、歌の力により万人に通じる恋物語となった。

料理好きの小野は、よく台所に立った。ねぎま鍋が好物で、マグロの角切りや豆腐、ネギなどを使って、楽しそうに作り方を工夫した。出張先の京都の店でうどんすきの作り方を覚え、粉山椒をたっぷりかけたポン酢で食べた。正月にはいつも日本酒ではなく、白ワインで乾杯する。人形が好きで、京都に出張すると、よく清水寺近くの店で買ってきた。着るものにはこだわらないが、物にはこだわり、万年筆はモンブランやパーカーを、手帳は能率手帳を使った。たばこは五十本入りのピース缶を好んだ。

酒に酔って取り乱すことはない。怒った表情を見せたり、怒鳴ったりすることもない。あくまでも人当たりはソフトだったが、「心の一番奥に硬く守られた部分があって、そこには自分が許すものにしか入らせなかった」（小野雅子『小野茂樹　片片』）。

そんな小野と雅子、娘との穏やかで幸せな日々が続いていた。輪禍に引き裂かれるまで、わずか四年。それでも雅子に後悔はない。

「心の深いところで安心感がありますから。今でも」

雅子は今も小野と過ごした公団住宅に暮らしている。「小野茂樹　雅子」。表札は連名のまま、変えていない。

＊前後の号に音楽関係の題がつけられていることから、バロック時代のフランスの作曲家ジャン＝バティスト・リュリー（一六三二～八七年）のこととみられる

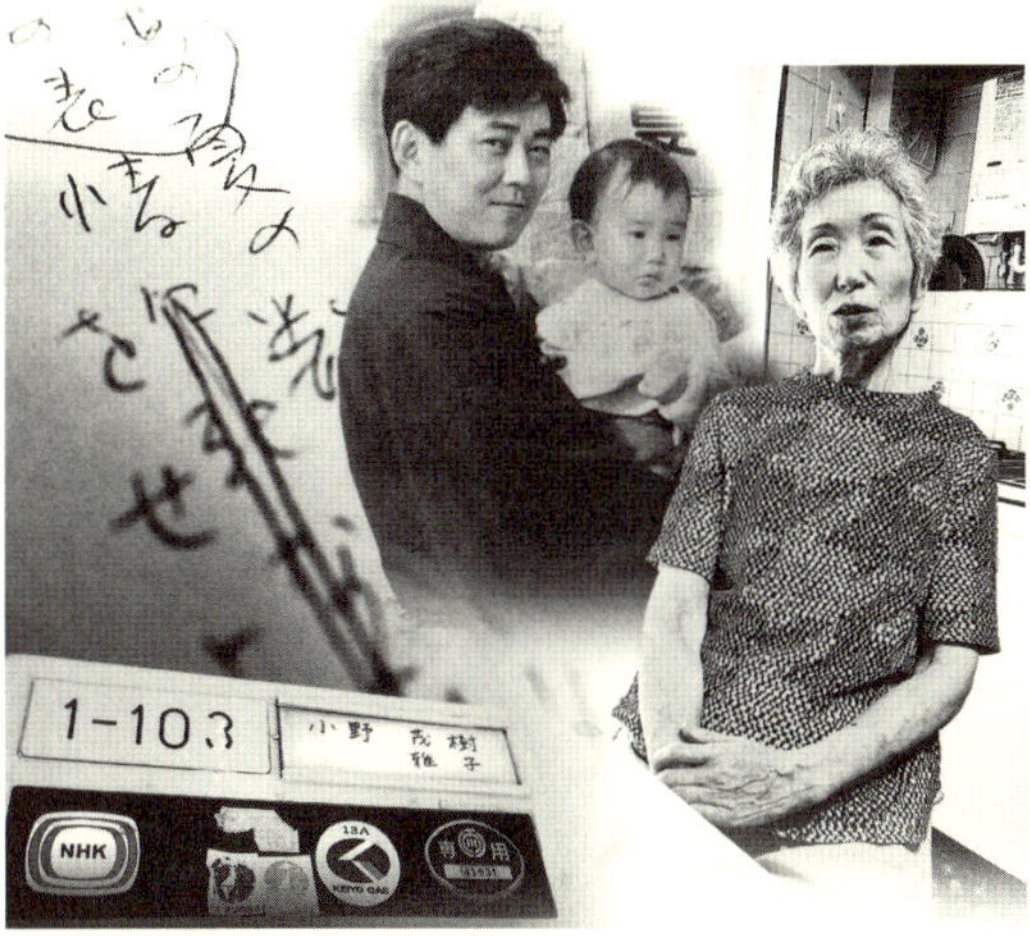

▲33歳で早世した小野茂樹（中）は、後に妻となる雅子（右）と10代で別れ、再び結ばれるまでに数多くの恋の歌を残した。2人が暮らした公団住宅の表札（左下）は、小野の死後43年を経た今も連名のままだ

警棒に撲たざることを
ぎりぎりの良心としてわれは追ひゆく

筑《つく》波《ば》杏《きょう》明《めい》『海と手錠』

つきつめて信じたし民衆のこゑ

「逃げよう」。東京・新宿の通りで、角を曲がったときのことだ。歌人の岩田正(89)は、当時、歌誌『まひる野』の仲間だった筑波杏明(本名・柿沼要平、一九二四〜二〇一三年)に促され、目の前のビルに飛び込んだ。筑波が先導して廊下をぐるぐる回り、裏口から通りに出る。

「そんなことが二度ほどありました」と、岩田は振り返る。とっぴな行動は、警察の尾行をまくためだった。警視庁機動隊の警部補だった筑波は、一九六〇年の安保闘争の体験などを歌った歌集『海と手錠』を翌年に出版した。デモ隊への共感をあらわにした内容は警察の内部で問題視され、要注意人物となっていた。

石投げて迫るを追へどつきつめて信じたしこの民衆のこゑ

われは一人の死の意味にながく苦しまむ六月十五日の警官として

「一人の死」とは、デモ隊が国会を包囲した六〇年六月十五日の夜、東京大学の学生だった樺《かんば》美智子＝当時（22）＝が機動隊との衝突の渦中で死亡したことを意味する。異様な熱気にあふれる時代だった。日米安保条約改定や米大統領アイゼンハワーの訪日に反対し、首相岸信介の退陣を求めるうねりは、この日ピークに達した。七万人とも十一万人ともいわれる学生や労働者が国会を取り囲み、ついには警備の機動隊とぶつかり合った。筑波は当初、一個小隊の機動隊員とともに、赤坂のアメリカ大使館の警備に当たっていたが、無線で指令が入り、樺の死で騒然とする国会南門に転進した。

到着したのは樺の搬送後だから、その死に直接の責任があるわけではない。だが、筑波の歌は、若い女性の死に罪の意識をあらわにしていた。

当時、国学院大学一年だった歌人の沢口芙美《ふみ》（72）は、短歌研究会部長の岸上大作（六〇年十二月に自殺）に連れられてデモに加わっていた。

「後ろからぎゅうぎゅう押されて。女は抜けろと言われて、引き出されました。樺さんが死んだとき、『死んだ、死んだ』という声を聞きました」

筑波は同人誌『Q』30号（二〇〇四年九月）の座談会で、当時を振り返っている。

「石つぶてが飛ぶわ、丸太が飛んでくるわで、隊員が次々とやられてゆくんですね。正門の守衛詰所は火が放たれ、バリバリという音と共に炎を上げて燃え、怒号と警官隊に対する罵声が飛び交いました。若い警官たちには、何故こういう状態を放置しておくのか、早く実力行使に踏み切るべきだと、口々に叫びながら、指揮官にくいかかるという、険悪なムードがながれていきました。その時突如、数名の隊員が、国会内に置かれた中央司令車を取り囲み、口々に何故排除の命令を出さないのかと、車を揺さぶり始めたのです。それに押されるかの様に、程なく指揮官の『かかれ』という声がマイクから流れる、と同時にウオーという声と共に、警棒を抜いた隊員が、植木の柵を越えてデモ隊の中に突入していったのでした」

一部の過激な学生らは暴徒と化して投石や放火を繰り返し、国会内に乱入した。警察側は警棒で学生たちを打ち、ついには催涙ガスを使う。逃げ惑う学生たち。血だらけの数百人が、次々と救急車で病院へと搬送された。警察側も負傷者が続出した。

「こういうことを言っていいかどうか知らんが、(略)もうがまんできなくなったんですね。それで警察部隊からも石が飛んでくるんですよ、指揮官車に」

当時を振り返る座談会*で、警視庁第一方面本部長だった藤沢三郎は、こう認めている。

いきり立つ現場で、筑波は部下に警棒の使用を禁じた。同じ国民への暴力は忍びないという気持ちからだった。怒った部下から「礫《つぶて》を浴びているのに何で」と食ってかかられても譲らなかった。

歌集のあとがきに、当時の筑波の考えが現れている。〈警察の仕事を生活の拠処《よりどころ》としながら生きてきたが、その間この職業に対する懐疑と信頼の交錯した心理はいつもぼくの心をさいなみつづけてきたといっていい。／デモ警備の際などにおける、民衆からの烈しい罵詈や憎悪の眼に、幾度か民衆への信頼と連帯の感情をくつがえされかけたことも、また反面、ともすればかれらを敵視しがちな職場の空気の中で、しだいに周囲から孤立してゆかざるを得ないような場合もしばしばであった〉

統べられし意志によらざる一人としひそかに守るみづからの声

筑波のこのような考え方は、ひとりの人間としては当然でも、警察組織の中では「危険分子」とみられた。筑波は、次第に組織から目をつけられるようになる。

決定的に追い込まれるのは、六一年十二月、『アカハタ』日曜版で歌集が大きく紹介されたためだ。自身は共産党とは無関係だった。

表向きは、無届けで歌集を出したことが理由だった。このとき、筑波は警察学校の教官だった。上司である警察学校の校長から「自分で辞めなければ懲戒免職だ」と、退職を強要された。二冊目の歌集『時報鳴る街』に、当時の苦境が歌われている。

思想たがふゆゑに辞めよと迫るこゑ辞められぬわれが堪へて聞きゐつ

諦めの形に変はりゆく怒り臥《ふ》して退職願書きゐつ

オリンピック東京大会（東京五輪）組織委員会に職をあっせんされ、三年間在籍した。その後、内務・警察官僚出身で、全日本交通安全協会を経て組織委事務局次長を務めた村井順（一九〇九〜八八年）に誘われ、村井が創業した綜合警備保障（ALSOK）に加わる。数年で退職すると自ら警備会社を起こした。商才にたけた筑波は事業で成功する一方、短歌への情熱も失わなかった。妻ヒサエ（80）は「チラシの裏にも書き続けていました」と証言する。九一年に同人誌『Q』を創刊し、同人たちと歌を作り続けた。

「家族への遺書だから」。二〇一三年四月二十三日、けいれんが止まらなくなり、飯能中央病院（埼玉県飯能市）に入院した筑波は、長男宏（55）の妻恭子（55）にこう言って、手帳を求めた。ペンを手にするが、力が入らない。やむなく、恭子が口述を書き取った。

この国にまたの戦ひをあらしむな我亡き後もそのあともまた

この歌に始まり、二十五首をすらすらと詠んだ。

人間の声を世界に知らしめよ弱くして強きひとりの問ひを

日本の国を憂ひて死にゆかむ明日《あした》のことを君に託して

翌二十四日夕方、病室のブラインドを開けるように頼み、しばらくの間、外を眺めていた。午後九時ごろ、恭子に「ノートと鉛筆、ある？」と尋ね、「書いてくれ」と言った。

助からぬ命と知りて死にむかふ我に一《ひと》時《とき》のためらひのこる

これが最期の歌だった。翌零時半ごろ、恭子に「もう寝なさい」とつぶやき、まもなく息を引き取った。

一貫して集団や組織から心の距離を置き、最期まで〈ひとりの問ひ〉を発し続けた筑波。死の床で家族に、こう言い残していた。「もし一つ天から与えられたものがあったとしたら、歌を作ることだ」

＊小倉謙氏追想録刊行会編『小倉謙 追想録』（一九七九年）

▲日米安保条約改定をめぐる1960年6月15日の国会前デモでは、デモ隊、警察官双方に多数のけが人が出た（右上）。その激しい現場で、筑波杏明（右下、『ありがとうの心で30年 総合警備保障30年史』から）は、部下に警棒の使用を禁じた

風。そしてあなたがねむる
数万の夜へわたしはシーツをかける

笹《ささ》井《い》宏《ひろ》之《ゆき》『ひとさらい』

病床からのやさしい手紙

テラスに木漏れ日が差し、おだやかな時が流れる。佐賀県伊万里市の「いまりこすもす村」。歌人の笹井宏之（本名・筒井宏之、一九八二〜二〇〇九年）は、二十代前半の四、五年間、この「村」を訪れてはピアノを弾いたり、寝転んだりして、何時間も気ままに過ごしていた。

「ここでは何もしなくていい。風や光、自然が宏之を受け入れたんです」

村の主《あるじ》、池田了海《りょうかい》（69）が話す。

一万坪の敷地には森や畑、田んぼがあり、ニワトリの鳴き声が響く。「やま」と呼ぶこの地が、歌の骨格をはぐくんだように池田は感じている。

「人間って、こがんふうがよかよなあってのがあったとよ。大地をお母さんだと感じて、初めて宏之の歌は分かるとです」

笹井は小学生のころから、原因不明の体の不調に苦しんできた。診断名は「身体表現性障害」。高校を休学してからの五年間は布団から出ることすらできず、ももに褥瘡《じょくそう》ができた。

〈自分以外のすべてのものが、ぼくの意識とは関係なく、毒であるような状態です。テレビ、本、音楽、街の風景、誰かとの談話、木々のそよぎ。／どんなに心地よさやたのしさを感じていても、それらは耐えがたい身体症状となって、ぼくを寝たきりにしてしまいます〉（歌集『ひとさらい』あとがき）

池の水音までもが神経に障る。母和子（62）は、光に過敏な息子のため窓や障子に目張りした。家族はテレビを見る時、イヤホンをつけなくてはならなかった。

希望と絶望が交錯する日々を過ごしながら、笹井が熱中したのは作曲だった。幼いころからピアノを習い、絶対音感があった。フルートも得意だ。

だが作曲は心身への負担が重すぎた。三十分間ピアノを弾くだけで四、五日、寝込んでしまう。その時、次の表現の手段となったのが短歌だった。短歌なら寝ながら携帯電話に打ち込んだり、ノートにメモしたりできるからだ。

〈ペンや鉛筆をノートにふれさせる瞬間／パソコンのキーボードをうつ瞬間／携帯電話のかなボタンをおす瞬間／うまれるんです／うたいたいことが〉

ミクシィ（インターネットの交流サイト）の二〇〇六年三月二日の日記で、笹井はこう明かしている。和子には「（歌は）脊髄から出てくる」と話していた。感覚的な歌いぶりは天才肌を思わせる。だが、パソコンやメモ帳には、語句を置き換えながら、多いときには何十回も修正した記録が残っていた。

たとえば、こんなふうだ。

①いちどきりのいつかの風を受けながら鳥だったあなたを思い出す

②いちどきりのいつかの風が鳥だったころの私たちの尾を揺らす

③いちどきりのいつかの風が鳥だったころの私を根こそぎさらう

（略）

⑧いちどきりの風がわたしの胸にありもうじきあなたを吹く予定です

（略）

⑮いちどきりの風がわたしの手を離れ羽ばたきそこねたあなたにとどく

⑯いちどきりの風がわたしの手を離れ生まれそこねた卵をゆする

◎いちどきりの風がわたしを去ってからあなたにとどくまでの百年

この歌では十七回目でようやく完成している。代表歌の一つである〈それは世界中のデッキチェアがたたまれてしまうほどのあかるさでした〉は、修正前は〈それは世界中のほたるを飲みこんでしまったような明るさでした〉となっていた。

「非凡なイメージを！」「相手にうったえかける歌を！！！」「さあ、ひるまずゆけ！」「誰にも負けない歌を！！！！！」。わが身を叱咤《しった》する言葉も並ぶ。

短歌を作ることもまた、身を削るような作業だった。

〈感覚の冴《さ》えと、体調の悪さが、比例してしまう。／いい作品が生まれたあとは、だいたい体の調子ががくーんと落ちる〉〈そこまで疲弊しなければ／これだ！　というものがつくれない。／つくづく、創作って攻撃だ〉（二〇〇七年一月二十一日の日記）

それでも短歌は、笹井の生きる支えだった。

〈短歌をかくことで、ぼくは遠い異国を旅し、知らない音楽を聴き、どこにも存在しない風景を眺めることができます。／あるときは鳥となり、けものとなり、風や水や、大地そのものとなって、あらゆる事象とことばを交わすことができるのです。／短歌は道であり、扉であり、ぼくとその周囲を異化する鍵です〉（『ひとさらい』あとがき）

笹井の歌は次第に評価され、〇五年、第四回歌葉《うたのは》新人賞に輝く。「未来短歌会」に入り、加藤治郎（53）に師事。その年に早くも未来賞を獲得した。

「短歌という領土をしっかりと自分のものにして、その先に広い詩の領域を狙っていた」。加藤はそうみる。

体調がだんだん回復し、年上の恋人もできた。車の免許も取り、自室の布団という「温かな檻《おり》」から少しずつだが抜け出しはじめていた。

インフルエンザの高熱が襲ったのは、そうしてはるか遠くにあった光に、ようやく手が届きそうな時だった。
○九年一月二十三日。夜遅く笹井は、父孝司《たかし》(62)にメールを出した。「おとうさん、どこにいる?」。孝司は自宅の表で水をくむポンプを修理していたが家に戻り、息子に「いるよ」と言った。
容体を気にしながら隣室で夜なべし、翌朝の会議に備えた文書を作る。日付が変わり和子が部屋に入った時、既にわが子の息はなかった。前夜遅く、笹井が短歌同人誌の仲間の女性とやりとりしたメールが残っていた。

〈ぼくは39度の発熱中でありまして、思考も暴走気味ですー/ちょべりばー〉〈頭の中で、みどりいろのようせいさんがタップダンスしてます〉

「子供たちと一緒に短歌を作ってみたい」——。福岡の短歌仲間、須藤歩実《あゆみ》(37)にそう夢を語っていた笹井。自宅の窯を再開し、父と陶磁器の楽器を作る工房を始める計画もあった。名前は「笹音房《ささねぼう》」。インターネットで笹井が使ったハンドルネーム「笹音」と「朝寝坊」をかけた名前に決めていた。

「間違えて、死んじゃったんじゃないか」。笹井と親しかった西日本新聞記者の平原《ひらばる》奈央子(33)と須藤は、くしくも同じことを話した。

亡くなって四年近く。佐賀新聞への投稿をまとめた『八月のフルート奏者』（書肆侃侃《しょしかんかん》房《ぼう》）が二〇一三年夏に出版されるなど、笹井の歌は広がり続ける。

池田は、笹井の歌を「意門《いもん》を開ける歌」だと言う。言葉で心の扉を開け、静かに胸に染みてくる歌。「だから宏之は今も生きてるんです」

▲読む人の心を癒やす笹井宏之（左）の歌。その背景には、病む身を叱咤しながら何度も何度も書き直す、壮絶な努力があった。右下は、笹井がよく訪れた泉山磁石場（佐賀県有田町）を見る父孝司と母和子

夕焼けに照らされてゐる妻の顔
まぎれなくいま生きてかがやく

桑《くわ》原《はら》正《まさ》紀《き》『妻へ。千年待たむ』

倒れた妻へのラブレター

「ちょっと変なの。起きて」

二〇〇五年四月十七日午前七時すぎ、埼玉県の私立立教新座高校で国語を教える桑原正紀(65)の枕元に妻房子《ふさこ》(65)が来て、不調を訴えた。

一瞬、猫のことかと思って床を出ると、房子が廊下でフラフラしている。房子は、東京の私立北豊島中学・高校の校長だった。この日は日曜日だったが、通信制高校の入学式で祝辞を読むため、午前三時に起きて準備していた。

「トイレに入ったら、変になったの。頭が痛い」。そう話す妻を抱きかかえてリビングの絨毯の上に寝かせ、頭をぬれタオルで冷やす。教頭に欠席の電話を入れて振り返ると、すでに意識がなかった。

脳動脈瘤《りゅう》破裂だった。すぐに救急車を呼び、自宅近くの病院に運ぶ。緊急手術を施すが意識は戻らない。医師はCTスキャンの映像を何枚も見せ、「脳内に相当な出血が認められ、最重度の意識障害がある」と説明した。桑原の脳裏に最悪の事態がよぎる。

だが再手術で腫瘍を取り除くと、少しずつ回復が始まった。

カセットテープで好きだったモーツァルトを聴かせると、眼球が動いた。手を握ると、思いがけず強い力で握り返す。飼っているメスの三毛猫ミーコの声を録音して聞かせたり、「浜辺の歌」「からたちの花」「荒城の月」など懐かしのメロディーをかけたり。夏には車いすで外出できるようになった。秋には簡単な言葉を口にするようになり、冬に入ると字が書けるようになった。

「もう一度、教壇に立たせたい」。桑原はそう願い、学校帰りに毎日、病院へ足を運んだ。妻と向き合い、妻のことを歌い続ける日々。月刊の歌誌『コスモス』の選者を務める桑原には、欠詠が許されない。最初は義務感から絞り出すように詠んでいたが、そのうち、歌うことで「心が整理される感覚」を得た。

桑原と房子は、国学院大学の同級生だ。「源氏物語」などを研究する「歴史文芸研究会」の仲間として出会い、友達から恋人、生涯の伴侶へと絆を深めていった。

桑原は短歌という、もう一つの世界を持つが、房子は教師一筋だった。

「趣味が一切無い人。百二十パーセント、教職にエネルギーを費やしていました」
○三年四月に校長になる前には十年以上教頭を務めた。家に帰っても、話すのは学校のことばかり。ウイスキーの濃い水割りをすすり、寝る時間になるまで話し続けた。愛情に満ちあふれた教師だった。授業料を払えない子がいれば援助し、家庭環境に不安のある生徒を何カ月か家に住まわせたこともある。

東京・六本木でラウンジを営む佐々木美鈴（52）が、その当人だ。学校を休み、夜な夜な町で遊びまわる問題児。高三への進級も危なかったが、房子が「仮進級でいいから」と学校に掛け合い、中退を免れた。

高三の半ば、出席日数が足りずに卒業がおぼつかなくなったとき、房子が思いもよらぬことを言った。「環境を変えれば、あなたはできる」。夜の仕事をしているひとり親の母に代わり、卒業まで自らが面倒を見るという提案だった。親やほかの教師には反抗していた佐々木だが、房子を「かかさま」、桑原を「ととさま」と呼び、懐いた。子供のない房子らにとっても、まさに「わが子」だった。

「かかさま、ととさまがいたから、ぎりぎりで踏ん張れました。人としてしっかり歩むことで恩返ししたい」。佐々木は二児の母となった今も感謝を忘れない。

倒れてから八年半。房子は依然として介護を必要とし、板橋区内の老人保健施設で暮らす。劇的な回復は見込めないものの、だいぶ自然に会話できるようになった。

教え子が来れば教師らしい口調で諭し、愚痴をこぼす先生に励ましの言葉をかける。その姿に、見舞客は元気をもらって帰る。だが当の房子は一時間もすれば、ほとんど忘れている。脳で記憶や学習をつかさどる海馬をやられ、短期記憶を失ったためだ。思い悩んでも当然だが、思考が続かないから、幸せでいられる。

「救われていますね、本人も私も」

ある夏の日、桑原は房子を車いすに乗せ、散歩に連れ出した。公園の階段に降ろし、並んで腰掛ける。「肩が凝った」とつぶやくと、「たたいてあげようか」と返し、懸命に肩に拳を落とす妻。そのやわらかい感触に、目頭が熱くなった。

夏雲がみるみるぼやけゆく景はよろこびの景なみだぬぐはず

同志のような夫婦。一緒の写真を探そうとしても見つけられないほど、それぞれの人生を走り続けた。それが、房子の病により変化した。

「同居人だったのが、初めて夫婦をやってる感じがします」

では、房子は今、夫のことをどんなふうに思っているのだろうか。桑原が席を外したとき、じかに尋ねてみた。

「一緒に生きてる存在、ですね。いなければ生きてこられなかった」「誠実で、思慮深く、思いやりが深い人。こんなにだらしない私でも大事にしようとしてくれる」

口にするのは、夫への感謝の言葉ばかりだった。

浮世の塵《ちり》から解放され「悟りを開いた菩薩《ぼさつ》」となった房子。桑原はその表情の輝きをやさしく見守り、歌う。

ぽかんぽかんと生きゆくもよしもう充分がん
ばつてきた君だから

▲リハビリの写真に見入る桑原正紀と妻房子。桑原は毎日のように病院に通い、妻に寄り添う。闘病日記には、涙を流しながら歌を作ったという記述も。左下は若いころの房子の授業風景

音もなく我より去りしものなれど
書きて偲《しの》びぬ明日と言ふ字を

木村久夫《きむらひさお》

学問の道半ば、南洋に死す

旧制高知高校（現高知大学）の卒業を控え二度目の落第をした学生が、夜更けに一冊の学術書を手に取る。夜通しかけて読み、朝には決意が固まっていた。〈よし、おれは勉強する。社会科学に一生を捧《ささ》げる。誰が何と言っても一歩も退かないぞ〉

B級戦犯として一九四六年五月二十三日、二十八歳の若さでシンガポール・チャンギ刑務所で処刑された木村久夫。四二年に京都帝国大学（現京都大学）経済学部に進んだ後、分岐点となった一夜を未完の自伝小説「物部川《ものべがわ》」にこうつづった。

その言葉通り、木村は左手に定規、右手に赤鉛筆を持って線を引きつつ、次々と専門書を読破していく。四二年四月、旧制高校時代の恩師・八波直則《やつなみなおのり》（一九〇九〜九一年）に出した手紙からも生き生きと学ぶ様子が伝わってくる。

〈小生も今経済原論の翻訳をはじめています。今年の八月ごろまでにはぜひ完成させたいと意気込んでいます〉〈学校の講義は面白いです〉

経済学の研究を究めたい――。人生の夢がやっと軌道に乗り掛かった時、陸軍から入営の命令書が届いた。

四二年十月、大学入学からわずか半年で、木村は地元大阪の中部第二十三部隊に入営。病気で一年近く療養したのち、翌年九月、南方に派遣された。行き先はインド洋のカーニコバル島だった。海軍大佐が司令を務める民政部に配属され、得意の英語を生かし住民との折衝を担う。

〈此《こ》の頃では心臓も強くなってベラベラやってゐます〉〈原住民は仲々可愛《かわ》いい〉〈戦争が終れば内地へつれて帰り度《た》いと思ふ事もある〉

家族への手紙は検閲を受けたものだが、それを割り引いても充実感にあふれている。だが、終戦間際に島で起きたひとつの事件が運命を変えた。発端は単なる米泥棒だった。

四五年七月、木村は民政部の上官に住民三人の取り調べを命じられる。先に尋問した陸軍側から重大情報が伝えられていた。住民が信号弾を打ち上げ、英軍に情報を流している――。スパイ容疑である。

英国軍を主軸とする連合国軍の島への上陸が近いとささやかれていた時だった。

取り調べで木村は、首謀者がインド人の医師ジョーンズであると聞き出す。「情報を得るため、棒で打った」。調書で木村は、こう認めている。

三日後、高齢の容疑者が死亡した。引き渡された時、既に衰弱しており、木村は自身の供述によれば、一時間半調べただけだ。だが、このことが後に問われる。

陸軍はその後、木村ら民政部の調べを手ぬるいと指弾し、取り調べの主導権を握る。元警察官の兵士らに拷問を伴う取り調べをさせた結果、島民たちは次々に自供し、芋づる式に「スパイ」が増えていった。

民政部の大尉鷲見《すみ》豊三郎（一九一七〜二〇〇九年）の手記*によると、陸軍参謀や副官らは「こんな調査は一日に十人ぐらい死んでも構わぬ覚悟でやらにゃ」「睾丸《こうがん》を火であぶったらどうじゃろ」と言った。

陸軍本部付の通信兵だった磯崎勇次郎(92)＝千葉県鴨川市＝は、取り調べの警備担当として現場に立ち会った。

「火責め、水責めです。火膨れの体から水が出て、傷だらけになっている。『やったろう！』『ノー。ノー』『ノーか、イエスか！』。調べといってもその程度でした」

こうして多数の住民がスパイ行為を「自白」し、七月下旬から八月半ばにかけて八十一人が「処刑」された。このほか取り調べ段階で四人が死亡しており、犠牲者は少なくとも八十五人に上る。敗戦後、上層部は軍律裁判を行ったように取り繕ったが、実際は開いておらず、事実上の虐殺だった。

すべては参謀らの命じたことだ。だが、戦犯裁判で最も厳しく断罪されたのは、取り調べにあたった末端の兵だった。司令官の少将こそ銃殺刑とされたが、参謀は無罪、副官の中佐は懲役三年。これに対し木村ら五人は絞首刑――。

木村は初期に八人を調べただけで、「処刑」には関与していない。二度にわたり、裁判長に真相を告げる嘆願書を出したが、退けられた。

死刑執行を控えた四六年四月、木村は一冊の本を手にする。田辺元《はじめ》『哲学通論』。裏から二ページ目に「大阪外国語学校英語部生徒」とあり、上官の鷲見が持っていたものと分かる。

その余白に、木村は最後の思いを書き連ねた。

〈日本は負けたのである。全世界の憤怒と非難との真只中《まったただなか》に負けたのである〉

〈私は何等《なんら》死に値する悪はした事はない。悪を為《な》したのは他の人である〉

〈降伏が全国民のために必須なる以上、私一個人の犠牲の如《ごと》きは涙を飲んで忍ばねばならない〉

〈母よ泣く勿《なか》れ、私も泣かぬ〉

日本の将来を案じ、家族に思いを寄せ、よく滞在した高知県の猪野沢温泉（香美市）を懐かしむ。木村はこの地に一時住んだ歌人吉井勇（一八八六～一九六〇年）に傾倒しており、十九首の短歌（狂歌一首を含む）と俳句一句を残した。

音もなく木村の下を去った「明日」。だが悲劇の学徒が魂を込めた言葉は、人々の心にいまも生きている。

（木村の手紙と遺書で、片仮名の箇所は平仮名にしました）

＊『「わだつみ」現場の証言　ある傍観者の記録』（東京新聞）

▲学問の道半ばで悲運の死を遂げた木村久夫。田辺元『哲学通論』の余白に書かれた遺書には、短歌も残されていた（右）。蔵書は母校（旧制高知高校、現高知大）の図書館に寄贈された（左上）。左下は、学生時代によく訪れた猪野沢温泉の宿帳

引揚船の仮設便所の暗き穴に
玄界灘の荒波を見き

冨《とみ》尾《お》捷《しょう》二《じ》『満州残影』

四角い穴からのぞいた奈落

目をつむると大地の記憶がよみがえる。駅や市場に漂う生ネギとみそをつけた饅頭《マントウ》のにおい。短い春を待ちかねたように飛び始める柳の絮《わた》。窓や戸に目張りをしても入ってくる黄砂。肥沃《ひよく》な土地で育ったほくほくのカボチャやジャガイモ。父と母、二歳上の兄との平穏な暮らし……。

生葱と汗の匂ひの漂へる大陸なりき空広かりき

甘党のとうさんがゐてかあさんが五色のおはぎ作りゐし日々

氷上に回し続くる満州の独楽遊び絶えず鞭に叩けり

冨尾捷二（76）が昭和十三（一九三八）年に満州（中国東北部）に生まれ、暮らした八年の歳月の大半は、やわらかな光に包まれている。

父の淳《じゅん》は早稲田大を出て満州に渡り、南満州鉄道（満鉄）関連の電力会社「満州電業」に就職。冨尾は、大連と首都新京（今の長春）の間にある大石橋《だいせっきょう》で産声を上げた。三～七歳は新京で、戦争末期は朝鮮に近い図們《ともん》で暮らした。

満州の冬は厳しい。新京の一月の最低気温は平均でマイナス二〇度、最高気温でもマイナス一〇度近くにまで冷え込む。鼻水がすぐに氷柱《つらら》になる寒さだ。だが新京の家は二重窓で、スチーム暖房があった。朝、電源を入れるとチーン、チーンと音がして、すぐにポカポカしてくる。電気ストーブや電気で湯を沸かす風呂もある豊かな暮らし。それが昭和二十（一九四五）年に入ると、崩れてゆく。

五月に大黒柱の父が現地召集された。四十二歳だった。学校の教室には、戦死した加藤隼戦闘隊の隊長で「軍神」とされた加藤建夫《たてお》（一九〇三～四二年）の写真が掲げられ、音楽慰問に来た作曲家・高木東六（一九〇四～二〇〇六年）の指導で、級友たちと「勝利の日まで」を歌っていたような時代だ。父の召集は一家にとって深刻な事態だったが、その日、軍国少年だった冨尾はろくに意味も分からず、はしゃいだ。

八月九日、ソ連が満州に侵攻を始めた。その五日後、疎開命令が出され、母、兄とともに三人で国境から離れた吉林へ疎開した。

「午前中に知らせが来て、午後には出発です。母が帯芯(帯の中にある硬い布)でリュックを作り、親父の着替えなんかを入れて……。宝石を入れれば良かったのに、入れないで重いものばかり持って」

吉林に向かう列車の中で、誰かが「日本が負けた」と言った。別の者は「デマだ、デマだ」と打ち消す。明け方近くに吉林駅が見えると、一人が「あ、ほんとだ!」と言った。灯火管制のない、明るい街。それは戦争の終わりを意味していた。

会社の独身寮となっていた柔剣道場に、二十以上の家族が肩を寄せた。支配する側とされる側の関係が逆転し、街は不穏な空気が漂う。略奪や暴行が頻発したが、襲われることはなかった。独身寮が会社の囲いの中にあったことが幸いした。

「民家は襲われましたが、電力はどの勢力にとっても必要なインフラですから」

寮の目の前が憲兵隊の官舎だった。そこにマンドリン(機関銃)を構えたソ連兵がやってきて、営庭の真ん中でぶっ放した。官舎は既にもぬけの殻だった。

「置き去りにされた一頭の軍馬が、営庭をずっと駆け回っていました」

そのシーンが、脳裏に焼き付いた。

大路《タールー》(大通り)をわがもの顔で過ぎてゆくスターリン重戦車。ジープには女兵士が乗っていた。最初に覚えたロシア語は「マダムダワイ(女を出せ)」と「チャスダワイ(時計を出せ)」。ソ連の悪兵たちの口癖だった。

なけなしの所持品を売り、青天白日旗(中華民国の国旗)や経木でマッチ箱を作る内職をして生き延びる日々。翌年、新京に戻り、一年後、ようやく帰還が認められる。

屋根のない列車で、引き揚げ拠点の葫蘆島《ころとう》に向かう。「日本鬼子《リーベンクイズ》!」。鉄路で五百キロの道中、すれ違う列車から飛ぶ罵声や唾に、下を向いて耐えた。

港から日本へと運ぶのは、リバティー船と呼ばれる貨物船だった。ふだんは荷を積むところに三層の板を渡し、数百人が押し込まれた。冨尾と母、兄はその二層目に陣取り、黄海から対馬海峡へと揺られていく。風呂に入れないので、下着にシラミやノミが湧く。朝起きると、縫い目に密集する卵をつぶすのが日課だった。かゆくて掻くので皮膚が真っ赤になった。支給された乾パンに数粒、金平糖が入っていて、それが唯一の楽しみだった。母は船酔いがひどく、ほとんど伏せっていた。

航海中に病気で亡くなる人もいた。二つ下の子がジフテリアにかかって逝った。亡くなると、水葬される。一度だけだが、冨尾もその光景を目撃した。

ノミやシラミの攻撃にも参ったが、一番の問題は用足しだった。もともとのトイレは乗組員用だけ。帰還者用には甲板の中ほどに、海にせり出した仮設便所が三つ設けてあった。粗末な囲いの中にある四角い穴。その下は荒波のしぶく海である。

「怖いですよ。つかまるものはなくて、踏み外すと、海に落ちてしまいますから」

一人では心細く、兄と連れ立って行った。穴から見える暗い藍色の海と白い航跡。その色が忘れられない。

満州からの引き揚げ者は、百五万人。祖国にたどり着けずに命を落とした人も少なくない。母子三人は何とか、福岡・博多港に帰還した。養鶏場を営んでいた母方の祖父が残した家が、大分県別府市に残っており、そこに居を定めた。

二年ほどたったある日、学校から帰ると、母親が一枚のはがきを差し出した。父の死を伝える元上官からの手紙だった。敗戦翌年の二月一日、栄養失調で死んでいた。凍土に掘った穴に埋められたという。遺骨はない。元上官はシベリアに抑留されたが何とか生き延び、復員後に知らせてくれた。

東京の大学を出て日本テレビに入社してからは、「おはよう！　こどもショー」や「ズームイン!!　朝！」「おもいッきりテレビ」などの人気番組を制作する多忙な毎日。

満州は次第に遠くなったが、退職後、短歌という表現の器を得て、当時を振り返る作品を作りはじめた。歌による、迫力のある回想記は仲間内で評判となり、師事する福島泰樹(70)から、歌集にまとめるよう何度も言われた。だが、踏み切れない。「これが最後だ、もう言わない」。そう宣告されたすぐ後のことだった。

二〇一一年三月十一日、東北で大震災が起きた。沿岸地帯を大津波が襲い、次々に体育館に逃れる被災者たち。その姿に、六十六年前の自分が重なった。「みちのく」は「満ちの州《くに》」。過去と現在が一気につながり、背中を押された。

着のままに異郷さすらふうきくさの思ひはかへりゆくみちのくに

巻頭の序歌十七首の最初にこの歌を置き、末尾の〈みちのくに戻り寒波は押し寄せて樹々いまだ含む薄ら氷の街〉まで、ルポルタージュのように歌を連ねた。

「王道楽土(王が治める楽園)」と言われた満州。その大地を歌集『満洲残影』では「横道楽土」と書いた。〈満州は日本人にとってのみ王道楽土であった〉から。

故郷はどこですか? そう問うと、少し考え「ないというのが正しい」と言った。懐かしい満州は、もう存在しない。少年期を過ごした別府では、みこしも担がないし、盆踊りの輪にも入らない「よそ者」だった。淡々と語る言葉に、悲しみがにじんだ。

▲目を閉じながら満州での暮らしと引き揚げを語る冨尾捷二。れんが造りの家の前で父に抱かれた幼い日、後に訪れる苛酷な運命を知るよしもなかった。右下は大勢の人でごった返す引き揚げ船、左上は１９８６年に訪れた際に撮影した新京（長春）の家

なえし手に手を添へもらひわがならす
鐘はあしたの空にひびかふ

谷川秋夫《たにがわあきお》『ひまわり』

歌会始の「差別」が消えるまで

「痛いか」

一九三六年三月、兵庫県立旧制小野中学の入試の後に行われた健康診断でのことだ。谷川秋夫(90)の背中を押して、医師が尋ねた。一銭銅貨大の斑紋ができていた。「分かりません」と答える谷川。まったく感覚がなかった。

数学が得意で、工業学校を出て技術者になるのが夢だった。学科試験の出来には手応えがあったが、結果は不合格だった。痛みのない斑点は、ハンセン病の発症を疑わせる。

「理由は、それしか考えられません」

やむなく高等小学校に進むが、次第に症状が目立ちはじめた。漆に負けたように顔が腫れ、眉が薄くなる。体をつねっても痛みを感じない。翌年春、県立神戸病院(現神戸大学付属病院)で診察を受け、正式にハンセン病と診断された。

ハンセン病はらい菌による感染症で、感染後、平均して三年、長い場合には二十〜三十年して皮膚や神経に症状が出る。もともと感染力が弱い上、九割以上の人は免疫があるため、感染してもたいていは自然に治癒する。ごく一部が発症するが、治療法が確立した現在では、怖れるべき病ではない。だが、当時は不治の病とされ、忌避されていた。感染の広がりを防ぐため、国は癩予防法（後に、らい予防法、九六年に廃止）に基づいて、すべての患者を療養所に収容する強制隔離政策を取っていた。

　感染が分かった谷川は、しばらく家の土蔵で暮らした。母が土蔵と母屋をつなぐ板の間に三度の食事を置いてくれる。一人で食べると、食器を板の間に戻す。薄暗がりの中、小さな明り取りの窓から差し込む光を頼りに、兄嫁が送ってくれた月遅れの婦人雑誌を読んだり、聞こえてくる鳥のさえずりに耳を傾けたりして退屈を紛らわせた。

　これ以上家族に迷惑はかけられない。そう思って、自ら父に療養所行きを切り出した。三八年七月、岡山県邑久町《おくちょう》（現瀬戸内市）の療養施設「長島愛生園」への入所が決まり、両親と叔父に伴われて家を出た。荷物は身の回りのものを入れた柳行李と夏蒲団だけ。前夜の豪雨に洗われた空は青く、沖には帆掛け舟が浮かぶ。

「代われるものなら、代わってやりたい」

　別れ際、母は息子を抱きしめ、そう言って泣いた。「ここで暮らすのが一番」。十四歳の谷川は自らに言い聞かせ、隔離された島の住人となった。

園では、農作業などをしながら、インド原産の木の実から取った油脂で作る大風子油《だいふうし》を筋肉注射する治療を続けた。やがてその効果が出たのか、症状が回復してきた。もう病人に見えない。四三年二月、一時帰省の許可を得て故郷に戻った。父は喜び、すき焼きで祝ってくれた。しばらく地元の製鉄会社で働いたが、再び隠しおおせないほど症状が悪化。逃れるように東京の療養施設「多磨全生園」に身を寄せた。

四四年九月、また故郷に戻ったが、待っていたのは父の死だった。居合わせた長兄は「顔が腫れとるじゃないか！　おってもらったら困るんじゃ」と言い放った。

一晩だけいて、朝早く家を出た。

「母が大きなにぎり飯を十ほど包んでくれました。振り返ると、目に涙を浮かべて手を振っていました」

それが永遠の別れとなった。

行く先は長島愛生園しかない。園に戻ると本名を捨て、「谷川秋夫」となった。以来七十年、園で暮らし続ける。

四三年に米国で有効性が確認された特効薬プロミンが四九年から国内でも広く導入され、そのおかげで病は完治した。だが、後遺症で視力を失い、手足の自由が利かない。

皮膚感覚があるのは唇など一部だけだ。そんな中で、谷川が生きがいを見出したのが短歌だった。日々の暮らしと、折々の思いを三十一文字《みそひともじ》に託す。五六年ごろから本格的に歌作りを始め、七四年からは短歌結社『水甕《みずがめ》』に入会した。

九二年暮れ、谷川の元に一通の手紙が届いた。宮内庁からだった。

「このたびあなたの詠進が入選しました」

文章を読み上げる介護員に「人違いじゃないですか」と聞く。「谷川さん、間違いなくあなたの名前です」。胸の鼓動が高まり、止まらなくなった。

宮中の歌会始にわが歌の選ばれしとき夢と思ひき

題は「空」。島の高台にある「恵の鐘《めぐみ》」をつくとき、自らの不自由な手に仲間が大きな手を添えてくれた。澄んだ朝の空に響きわたる鐘の音。その震えるような感動を描き、応募二万七百二十首中の十首に選ばれた。

新年に宮中松の間で開かれる歌会始。当然、晴れ舞台に臨みたいが、介護者なしには行けない。迷惑はかけられないし、心臓の持病もある。

谷川は泣く泣く参加を断念した。それでも歌は古式ゆかしく朗詠されるはず、と思っていた。ところが、歌会始の前夜、侍従から思いもよらぬ電話が入った。

「欠席者の歌は朗詠されません」

自室で何人かとテレビ中継を聴いたが、やはり朗詠はされず、後でアナウンサーが読み上げただけだった。

皇族の歌は、欠席しても朗詠される。一般の入選者は、どんな理由があろうと欠席したら朗詠されない――。理不尽な「差別」を知り、動いた一人の主婦がいた。岡山市の岡村久子(76)である。

「谷川さんは行きたくても行けなかったんです。だんだん腹が立ってきて、岡山大学の図書館に行って短歌雑誌のバックナンバーなどを片っ端から調べました」

誰かが問題を指摘しているはず。そう思ったが、調べた限り、歌会始の「差別」を指摘する記事はまったくなかった。

その年の春、岡村は「宮内庁　天皇陛下　皇后陛下」宛てにワープロ打ちで十枚の手紙を出した。だが、返事はない。手紙は握りつぶされ、九四年の歌会始でも、亡くなった人の歌が朗詠されなかった。

あきらめきれない岡村は、長官（当時）の藤森昭一（87）に手紙を書いた。ほどなくして家に電話がかかってきた。「藤森です」。相手はそう名乗り、「手紙を読みました。会議にかけますのでご安心ください」と約束した。

五月、再び藤森から電話が来た。

「たった今、決まりました。真っ先にお知らせします。国民の（直接の）要望で皇室の規則が変わるのは初めてでしょう」

谷川の無念を受け継ぐ訴えが、ついに届いた。

谷川の思いは、さらに広がってゆく。岡村の話を知った山陽女子高校放送部の顧問・門田豪毅《もんでんひでき》（51）は、ラジオドキュメンタリーの制作を提案。部員たちは、谷川や岡村にインタビューして「この短歌《うた》が空に響くまで」を作った。

〈拝啓、天皇陛下さま、皇后陛下さま〉。そう静かに語りかけながら、朗詠問題の解決を訴える作品は、九四年七月のNHK杯全国高校放送コンテストで見事優勝。その秋、宮内庁は欠席者の歌も朗詠することを正式に発表した。

放送部の生徒と、谷川の交流は今も続く。メンバーだった池本留美（36）は十年後、子供を連れて谷川と再会した。新しい部員たちが、その様子をビデオ作品にまとめた。生徒たちは谷川を「私たちの宝」と呼ぶ。
門田は六年前に生まれた長男に「空《そら》」と名付けた。「勢いです」と照れるが、谷川の歌にちなんだものだ。

九九年九月二十五日。谷川の詠進歌を朗詠する声が故郷・加西市の丸山総合公園に響き渡った。歌碑の除幕式に合わせて、歌会始の正式の担当者が録音したものだった。

〈岡山県　谷川の秋夫。なえし手にぃーーーーい〉
その雅《みやび》な音声《おんじょう》に耳を澄ましながら、谷川は夢のひとときに浸っていた。

▲谷川秋夫（中央）が空に響かせた「恵の鐘」。思いを込めた短歌は歌会始に入選したが、宮中では朗詠されなかった。その無念を岡山の主婦・岡村久子（左上）が受け継ぎ、宮内庁を動かした

桜木の木《こ》下《した》の闇や
原発の炉心溶融あるかも知れぬ

波《なみ》汐《しお》國《くに》芳《よし》『遠稲妻』

心に見えていた原発事故

洗濯物は今も二階の廊下に干している。窓は開けない。庭で作っている青菜のクキタチも、イチジクもカキもユズもビワも食べられない。

福島第一原発から西北西に六十六キロ。福島市で暮らす波汐國芳（88）、朝子《あさこ》（83）夫妻の暮らしは、今も三年前の事故の後遺症の渦中にある。

隣組から借りてきた線量計で測ると、雨どいの下では最高時で毎時六・五マイクロシーベルトにも達した。一日に二時間そこにいたら、七十七日で年間の追加被ばく許容量とされる一ミリシーベルトを超えてしまう値である。

「ここは盆地だからね。風で（放射性物質が）飛んできて、たまったわけです」

東日本大震災による津波がもたらした甚大な事故。波汐は、自らにも降り掛かった惨事を複雑な思いで見つめていた。二十年以上も前から歌を通じて鳴らし続けた警鐘が届かなかった。一方で、東北電力社員として原発ＰＲに一役買ってきた過去は消えない。

原発事故は、自らの存在を深くえぐる出来事だった。

戦後間もなく東北電力の前身の東北配電に入り、事務系職員として働いた。退職前の一九七八〜八〇年には、福島県川俣町の川俣営業所長を務めた。東北電力は当時、浜通りの浪江町と小高町（現南相馬市）で「浪江・小高原発」を計画していた。波汐は社の方針に従い、電化教室などで地元住民に原発の安全性を説いた。

「会社も、組合も推進だから。（福島県）飯舘村の人たちを福島第一原発に案内したこともありました。チェルノブイリとは型が違うから安全だって言ったりね。実際は受け売りにすぎなかったわけだけど」

だが、次第に原発の安全性に疑問を抱くようになる。

「最初はチェルノブイリだね。それと八八年に家内が乳がんで五カ月入院して。心配でね。命と向き合って、直観で原発の闇が見えてきたと思うんだ」

八九年に所属する短歌会の歌誌『潮音《ちょうおん》』に発表した連作「遠稲妻」で、初めて原発への危惧を示した。

桜木の木下の闇や原発の炉心溶融あるかも知れぬ

一連は五番目の歌集『遠稲妻』に収録した。以後、九冊の歌集のすべてに原発への疑問を呈する歌を入れてきた。決して声高には歌わない。不安や恐怖のイメージを詩へと昇華させ、読む人に手渡す。自らが選者を務める地元紙の歌壇でも、積極的に原発に反対する歌を選んでは、肯定的に評を書いてきた。

それを快く思わなかったのだろうか、震災の三年前、福島県の東北電力ＯＢの会で声をかけられた。

「何で波汐さんは原発反対なんですか」

電力ＯＢなのにおかしいじゃないか、そんなニュアンスだった。

「大地震が絶対に起きないと断言できますか。大津波が来ないと言い切れるか」

そう言うと、相手は黙ってしまった。

「『原発反対と言うけど、テレビも洗濯機も使ってるくせに』という歌を作る人もいます。そういう歌は、会社には喜ばれるわけだよ」

波汐は浜通りの旧飯野村（現いわき市）の農家に生まれた。実家は内陸にあるが、三キロほどで海に出る。海辺に立って見渡すと、周囲に高い建物はない。大津波が来たら、ひとたまりもない。「よく裏山にまで津波が来る夢をみました」。津波への不安は、幼いころから体に染み付いている。

一方で、原発に頼らざるを得なかった地域の事情もわかる。大きな産業がほとんどなく、男たちの多くは都会へと出稼ぎに行った。

「貧しかったんですね、浜通りは。貧しいから原発を誘致したんだ」

福島第一を抱える大熊・双葉町や福島第二がある楢葉・富岡町の財政が、原発マネーで潤ったことは事実だ。浪江・小高原発にしても、事故の後で中止が決まったが、それまでは浪江町と南相馬市の議会が誘致を続けるなど、地元では原発のもたらす富に期待する人が少なくなかった。

六八年に発表された計画は一部の用地が取得できず、着工には至らなかった。「あそこに原発ができていたら、どうなっていたか。大変なことが起きるところだった」

かつて担当した飯舘村の人たちは、事故後三年を過ぎた今も避難を続ける。「日本で最も美しい村連合」に入るなど豊かな自然に恵まれていたが、村は福島第一原発の事故で放射性物質に汚染され、住民は村を追われた。地域によっては、半永久的に帰ることができない。

事故の後、波汐は深い贖罪《しょくざい》の思いを歌っている。

原発に一枚嚙《か》んで古井戸の汲《く》んでも汲んでも尽きない悔いだ
実家に残る古井戸。今はふたをして使っていないが、暗闇を浸す水を汲み続けるイメージに、原発推進に一役買った古傷の深手を重ねた。

波汐の自宅はようやく屋根の除染が終わり、これから庭の土を入れ替える予定だという。
「嫌だけどね、ずっと付き合わなくちゃならねえ」生ある限り、ここで原発と向き合い、歌を作り続ける覚悟でいる。

▲福島第一原発事故（中央上、東京電力提供）の12年前、炉心溶融に警鐘を鳴らす歌（左下）を詠んでいた波汐國芳。その不安は的中したが、事故は自らの古傷を悔やむ出来事でもあった。右は2011年12月に自宅庭の放射線量を測った記録。2マイクロシーベルト以上あった

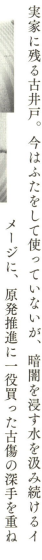

批評とは口先だけのことではない。
破れし五体に火を焚くことだ

さて、この様態《ざま》でフランスへ行くというのか。

菱川善夫《ひしかわよしお》『菱川善夫歌集』

おれは歌人だったんだよ

二〇〇七年十一月十五日、札幌市清田区の自宅から関西空港経由でパリに渡る時、文芸評論家・菱川善夫＝当時(78)＝は満身創痍《そうい》だった。

その年の六月、胃に穴があき、手術した。既にがんが広がり、手の施しようがなかった。医師の診断は「余命六カ月」。ひと月入院した後、自宅療養に入ったが、巣くった病は急速に体をむしばんでいく。

パリへの渡航は、妻で画家の和子の個展のためだった。毎年二人で行っていたが、九回目の今回は、長旅が命を奪う恐れがある。「作品だけ送るわ、あなたが心配だから」。和子は気遣ってそう言ったが、菱川は「行って見た方がいいよ。僕も行く。オープニングだけでも見たいから」と言い張った。

輸血して体力をつけ、渡航に備えた。ところが出発の二日前、転んで腕を骨折してしまう。〈さて、この様態でフランスへ行くというのか〉と自問するほど傷だらけの身。なんとか気力を振り絞ってドゴール空港に降り立った。

菱川は一九五四年、二十五歳の若さで書いた「敗北の抒情《じょじょう》」が『短歌研究』誌の第一回新人評論に入選し、評論家の道を歩み始めた。その才能を見いだしたのは、後に『虚無への供物』を著すなど小説家として活躍する編集者の中井英夫（一九二二～九三年）だった。菱川は昭和天皇をも皮肉ってみせた塚本邦雄（一九二〇～二〇〇五年）の〈容赦しない想像力〉を評価し、前衛短歌運動の理論的支柱となっていた。

一方で〈結婚式のスピーチ〉のような歌壇内のなれ合い、「仲間ぼめ」の批評、賞の選考の際に選考委員が所属する結社の歌人の作品を公然と推すような風潮には心底から嫌悪感を示し、けっして媚《こ》びなかった。

「『暗察者』を自称し、『既存の秩序の否定』が一貫したテーマでした。主題より、方法、文体の大切さを説いていた。上の句と下の句の組み立て、てにをは、などの表現から短歌の表現の新しさを問う。それが新鮮で、圧倒的に影響を受けました」

評論でも知られる歌人の三枝昂之《さいぐさたかゆき》（70）は若き日、菱川に魅了された。

「論理的で切れ味があり、美的でスリリング。評論ってこんなにエキサイティングなんだと教えてくれたのが菱川さんでした」

短歌の評論は歌人によってなされることが多い。菱川も旧制小樽中学（現小樽潮陵高校）のころから歌を作ってきた歌人だったが、本格的に評論を始めてからは、ほとんど作品を発表せず、評論を専門とする異色の存在となる。

以後われは暗察者の道えらびたり銹びしピストル胸奥に秘め

歌人としての自分を封印した――。そう思われていたが、八十年近い人生の最終章で、菱川はひそかに歌づくりに戻ってきていた。

最後のパリの日々。和子が一人で画廊に出掛けた時のことだ。滞在していたアパートに戻ると、暖房のある窓際に腰掛けていた菱川が、はにかむような表情で「歌を作ったんだよ」と言った。丸テーブルの上にある小さなメモ用紙に歌がつづってあった。「あら、いいじゃない」。和子は二、三首読んでそう言うと、夕食の準備に取り掛かった。その時はそれで終わったが、後から数えると四十首近くあった。六月の入院中にも歌を残しており、半年ほどで七十首余りに上った。

帰国後、ベッドで横になる菱川に、和子は「あれ、（歌集として）出さない？」と水を向けてみた。菱川は閉じていた目を見開くと「それはいいなあ」と言った。そして、翌々日、ふっと「おれは歌人だったんだよ」とつぶやいた。

十二月上旬、菱川は最後の旅に出る。交友のあった歌人で日本画家の松平修文《おさふみ》(68)が出した歌集『蓬《ノヤ》』の出版記念会に参加するための東京・青梅への旅だった。末期のがんが全身をむしばみ、寝たきりでもおかしくない状態だった。だが、どうしても行くと言って聞かない。

「菱川さんが歌集のしおりの文章を書いてくれました。もともと会を開きたくなかったんですが、何度もやろうよと言ってきて……。病気だと知って、さらに断ったんですが、最後は奥さんから『いついつ行くから』と、日にちまで書いた手紙が届いたんです」

松平は、菱川の強い要望で記念会を開いたことを明かす。

気の置けない七、八人が、御嶽《みたけ》神社の神職「御師《おし》」の家(宿坊)に集まった。やせこけて、足取りのおぼつかない菱川の姿に、松平は病状の深刻さを悟った。

皆で一晩泊まり、菱川夫妻はさらに立川で一泊した後、札幌の家に帰った。ほどなくして菱川の容体は急変し、救急車で入院。十五日の早朝、静かに息絶えた。亡くなる前日、むくんだ足をなでる和子に「ありがとう」と言ったのが、最後の言葉だった。

入院前に着ていた背広の内ポケットから、三つ折りにした四百字詰め原稿用紙が出てきた。〈御岳山《みたけさん》〉〈山岳マラソン〉といった言葉とともに、八首の短歌がつづってあった。最後の最後まで歌を作っていた。

　きまってらあ　口先ならず批評とは五体を縦
　に立て直すこと

パリ滞在中に残した歌のように、最後まで「火の言葉」を吐き続けた菱川。生涯に残した六百余首は和子と三枝、永田和宏の手でまとめられ、二〇一三年十二月の命日、『菱川善夫歌集』（短歌研究社）として出版された。

▲死のひと月前、菱川善夫は病をおしてパリで開かれた妻和子の個展に同行。和子が準備で出掛ける間、ひとりアパートに残り、歌を作った。右上は、札幌の自宅の書斎。6年以上たった今も当時のままだ

祖父《おおちち》の処刑のあした酔いしれて
柘榴《ざくろ》のごとく父はありたり

佐伯裕子《さえきゆうこ》『未完の手紙』

長い喪の家を生きた父

ややピントの甘い写真の中で、赤ん坊を抱いた若い男が柔らかい表情を見せている。赤ちゃんは歌人の佐伯裕子(66)、男は父の実《みのる》。一九四八年春、当時、住んでいた東京都杉並区天沼の家で撮影したものだ。

「にこやかなので、祖父の処刑前だと思います」

佐伯の祖父は、奉天特務機関長当時に満州国成立に深く関わった陸軍大将土肥原賢二(一八八三～一九四八年)。戦後、極東国際軍事裁判(東京裁判)でA級戦犯に問われ、開戦時の首相だった東条英機(一八八四～一九四八年)や元首相の広田弘毅(一八七八～一九四八年)らとともに、その年の暮れに処刑された。

実は次男だったが、兄の誠が早世したため、跡取り息子となった。大学を出て入営し、内地で終戦を迎えた。かつては乗馬や水泳に親しみ、復員後は名の知れた建設会社に勤めた。だが、土肥原の処刑以後、ほとんど笑顔の写真はない。

処刑の日、衝撃に耐えきれずに深酒をし、沈み込んでいた。その日から、一家の長い服喪の日々が始まった。

「戦争犯罪者」の家族に、世間の風は冷たい。間もなく天沼の借家を追い出され、社宅の仮住まいを経て、世田谷区用賀に移った。東条の屋敷が近くにあり、その家族を頼ってのことだった。

結核を病む祖母の香代は伏せっていることが多く、母智嘉子は年中、黒っぽい地味な着物で通した。時折、東条の妻勝子が来訪し、地卵や季節の野菜を届けてくれた。同じくA級戦犯として絞首刑に処せられた板垣征四郎（一八八五〜一九四八年）の妻も時折来訪し、「お骨がどうしたとか、話しあっていました」。

〈人の悪口や陰口や他人との争いは大禁物です。人を怨まず、羨まず自分の運命に安じ黙々として正しき事を側目も振らずやって行く事が大切です。世の中の是非や善悪の形式が如何に変ってもかわらぬ物は「誠」です。「誠」を以て自己の境遇に処し天職を行う事が大切です。徹底せる至誠は終に人を動かすでしょう〉（四六年十二月八日付）

〈拙者の死後は或《あるい》は幾多の誹謗《ひぼう》が一家に集中されるかも知れぬが、決して争い事をしてはならぬ。「忍」の一字は「仏」の強きいみじき御教えだ。瞋恚《しんい》（怒り）は堅く戒められて居る。唯々《ただただ》、念仏を称《とな》え奉りて法悦に入れ〉（四八年十二月三日付）

獄中から家族に宛てた手紙で、土肥原は何があっても耐え忍ぶよう、たびたびくぎを刺していた。一家はその遺命を守り、「A級戦犯の家族」というくびきに耐えながら、ただひっそりと影のように暮らした。

実にとって、父賢二は絶対的な存在だった。フランスや中国など外地が長く、ほとんど家に帰らない。子供のころは、年に一、二回、帰国した際に会えたくらいだった。中学校のころ、父恋しさのあまり、ひとりで満州事変直後の中国・奉天（現瀋陽）の特務機関を訪ねたこともあった。〈私にとって最高に良い父でした。私を良く可愛がってくれました〉〈私の父は最高に良い父だったと思います〉。一九七二年に出された『秘録　土肥原賢二』（芙蓉書房）に寄せた短い文章で、五十五歳となった実は繰り返し、こう書いている。文末には「私にのこしました歌を一首」掲げている。

心だに誠しあれば　畏れなし
畏れなきこそ　人の道なれ

まさに手紙に書いた「誠」を説く歌だった。影のように地味に、ひそかに日々を生きる実。だが少女期の佐伯は、暗くて覇気のない父が嫌でならなかった。

「お父さんは、すごく無口でした。何も言わないし、笑わない。でもほかのお父さんは元気で、明るい。何でうちのお父さんは……と」

父と駅で会わないよう、わざと通学時間をずらしたり、姿を見かけるとパッと隠れたりもした。すねの白さまでもが嫌だった。

一九五六年度の経済白書で「もはや『戦後』ではない」と書かれた上り坂の時代。なのにわが家は斜陽で、いまだに喪に服している。佐伯は沈鬱な家の雰囲気をいとい、居間にあった昭和天皇の肖像写真をジェームズ・ディーンの真新しいポスターに張り替えた。部屋の壁をペンキで真っ白に塗り、家にあった古いものはごみとして捨てた。スクリーン越しに観る華やかなアメリカにあこがれた。連合国軍の中心だったアメリカは、祖父を処刑した国だ。それなのに不思議と恨みはなく、「ああいうものの考え方や明るさがなかったから負けた」と思った。

「明るく、世間から歓迎される家にしたかったんです」

いいことをしていると思っていた。父も母も何も言わなかった。

中年になると、父は酒におぼれるようになった。嫌なことがあると、腰を抜かすほど飲んでは、夜中にぐでんぐでんになって帰ってくる。飲み屋のつけの払いで、帰宅する前に給料袋は薄くなっていた。訥弁《とつべん》のため、母に責められても言い返せない。暴れだしたり、大声で「お父さん！」と言って泣いたりしたことすらあった。

中学生のころ、佐伯は父への思いを「自由日記」につづっている。

〈ああもう十二時。父は今ごろまでどこで飲み歩いていたのだろう。なぜあんな大声を出すのだろう。父のかせいだお金を父がどう使おうと私はかまわない。でもあわれな父は許せない。一番みじめであわれな家族！〉（昭和三十七年三月二十七日）

世の中の悪意におびえるように、午後四時半ごろになると、必ず雨戸を閉める父。家の中だけが安らげる場所のようだった。佐伯は父を理解できず、「戦争でたいへんな思いをした人はいっぱいいる。お父さんのトラウマは贅沢だ」と思った。

父の生きづらさを受け入れるようになるのは、三十代で短歌を本格的にはじめてからのことだ。新たな視点を得て見えてきた、内面に深手を負った父。家族だけが知るその姿を歌やエッセーで表現し、残したいと考えた。

度の強き父の眼鏡のわらわらと曇りぬもっと泣けばよからむ

さよなら、風にふくらむ胸のこのここに未完のままに父たり

九〇年二月、肺がんによる闘病の末、父が亡くなった。七十二歳だった。ほどなくして用賀の家を取り壊した。長く家に取り付いていた霊が解き放たれるようだった。

「明けない喪の家でした。常に小さな仏間に線香を上げたり、お経を読んだりしている感じ。社会に対しても、喪に服していないといけなかった」

だが、いざ壊してみると、懐かしさが込み上げてきた。祖父が祖母に贈った一生使えるほどたくさんの香水の、濃厚な匂い。家族で息を潜めていて、発酵しそうな室内。毎年八月十五日になると「何か」に向かって黙とうしていた父の姿。そうした物や思い出の一つ一つが懐かしく感じられる。

「よどんでいたと思っていた空気とか、線香臭さとか。でも、その中にある濃密な空気は、壊しちゃいけないものだったんだと思うんです。そこで育まれていく感受性の複雑さが大事だったと。(少女のころ)それを全部壊して、ほかと同じにして何がおもしろかったんだろうと思いました」

身を寄せ合って生きた、懐かしい時代の空気をもう一度生きたいと感じた。

自らの気持ちを表す文章を遺《のこ》さなかった父と母。そんな家族に代わって「その立場のものしか物語っていくことができない」感覚を表現し続ける——。佐伯は、それを歌人である自らの務めだと思っている。

▲赤ん坊の娘・佐伯裕子を抱いて、柔らかい笑みを見せる父・実（右）。その笑顔は、A級戦犯に問われた祖父・土肥原賢二（左）の処刑後、失われた。佐伯は父に代わり、長く喪に服したような日々を歌い続ける。背景は土肥原がフランスから実に宛てて送ったはがき

くろぐろと水満ち水にうち合へる
死者満ちてわがとこしへの川

竹山《たけやま》広《ひろし》『とこしへの川』

戦争をながくかかりて終りき

空襲警報が解除され、防空壕《ごう》の外に飛び出した。だが、妹が戻れと言ってきかない。警報が解除になっても壕から出たらいかん」と言われていたからだ。長崎医科大学（現長崎大学）に通う兄から「広島に新型爆弾が落とされた。

それから間もなくだった。昭和二十（一九四五）年八月九日午前十一時二分、城山国民学校（現城山小学校）五年生、十歳の下平《しもひら》作江（79）＝長崎市＝は、壕の中まで届くピカッという光を見たのを最後に気を失った。

爆心地から八百メートル。壕のなかにいて辛うじて命拾いしたが、外は焼け野原だった。家は跡形もなく、養母と姉は黒焦げの遺体で見つかった。大学で被爆し、いったん家に戻ってきた兄も四日後に亡くなる。

街中に阿鼻叫喚《あびきょうかん》が広がっていた。松山町の爆心地から北東へ一・四キロ。二十五歳の竹山広（一九二〇～二〇一〇年）は、結核の治療のため入院していた浦上第一病院（現聖フランシスコ病院）で、激しい爆風にさらされた。

人工気胸と玄米食の治療が功を奏し、この日が退院予定日だった。義兄が迎えに来るはずだったが、予定の朝十時を過ぎても来ない。仲間と雑談している時、爆撃機B29の音が近づいてきた。「病院が狙われている」。ベッドの下に頭を突っ込むやいなや大量のフラッシュを焚《た》いたような光に包まれた。灼熱の光の中で、身震いする衝撃を感じた。

爆心地から南三・四キロの飽《あく》の浦町で被爆した歌人の前川多美江（81）は、その光を目撃している。

「卵の黄身をといたような、ねっとりとした光でした」

浦上第一病院の窓ガラスはすべて割れ、破片が粉々に散らばっている。だが竹山は、奇跡的に軽傷で済んだ。

埃《ほこり》が舞う薄暗い廊下を必死で走り、階段を下る。降りたところに主治医の秋月辰一郎（一九一六〜二〇〇五年）がいて「逃げろ！」と叫んでいる。高台から街を見ると、焼け野原に火の手が上がっていた。「街全体が燃えているという感じ」。竹山は後にNHKテレビのインタビューで、こう振り返っている。

傷軽きを頼られてこころ慄《ふる》ふのみ松山燃ゆ山里燃ゆ浦上天主堂燃ゆ

翌日、義兄を捜して長崎の街を歩いた。死者、負傷者であふれ返る街。爆心地の横を流れる下《しも》の川には黒焦げの遺体が重なり、ぶつかり合うようにして下流へと流れていく。それは、下平が城山国民学校下を流れる浦上川で目にした光景と同じだった。

「岸には畑があって、洗濯もしていた川です。そこに黒焦げの死体が浮いていて、流れていきました。水を飲もうとして息絶えている人もいました」

竹山の義兄は、市内の金比羅山の麓で横になっていた。目がほとんどふさがっていたが、辛うじて話ができた。隣家の防空壕を掘っている時、被爆したという。顔半分と背中全体にやけどが広がっていた。

懸命に手当てをしたが、やがて幻聴、幻覚に襲われるようになり、八月十五日夜、ついに帰らぬ人となった。まぶたを閉じてやり、その横で粥をすすった。

故郷の南田平《たびら》村（現長崎県平戸市）に帰った竹山は、いったんは目に焼き付いた光景を歌にしようとした。だが、歌を作ろうとすると、その場面が夢に出てきてうなされる。怖くなって歌そのものを断念した。

筆を折ったまま十年が過ぎた時、竹山は喀血《かっけつ》する。「あと三カ月」。医師からそう余命を宣告された竹山は、カトリック信者が罪を告白し、聖油で体を清めてもらう臨終前の儀式「終油の秘蹟《ひせき》」を受けた。ところが、特効薬ストレプトマイシンにより、病状が劇的に回復する。

一度は死にかけたことで覚悟を決めた竹山は、再び歌を作りはじめた。地元の短歌誌に六十首の連作「悶絶の街」を寄せ、あの日体験した出来事をドキュメンタリータッチで詠んだ。歌の数々は、一行の詩へと昇華していた。

「直後に歌を作れば、いかに竹山であろうとも感情に押し流され、『残る歌』はできなかったのではないでしょうか」

竹山の一番弟子だった歌人馬場昭徳(66)はこう話し、十年の空白による熟成が秀歌を育んだとみる。

以来、竹山は生涯、原爆を歌い続けた。水に浮かんだ死者がぶつかり合っていた下の川を描いた一首は、戦後三十年を経た一九七五年八月九日のことを歌った連作「一年のうちのいち日」にある。

痛みを伴う被爆体験をなぜ歌い続けたのか。馬場は「折り合い」と言う。

「衝撃的な体験にどう折り合いをつけるか。竹山にとって短歌は、心に折り合いをつける方法でした。でも、折り合いはつかない。だから終生、原爆のことを歌わざるをえなかったんです」

戦後六十五年を生き、うち五十五年間、時に生々しく、時にユーモア交じりで、時に静かな怒りを込めて原爆を歌った。長い戦後だった。

晩年には、こう歌っている。

まゐつたと言ひて終りたる戦争をながくかかりてわれは終りき

▲1945（昭和20）年8月9日、長崎市松山町の爆心地から北東1・4キロの浦上第一病院（上）（長崎原爆資料館提供）で被爆した竹山広。その凄惨《せいさん》な体験を時間をかけて歌にしていった。大勢の死者が浮かんでいた下の川（右）は今、静かにゆっくりと流れる

罪は裁けても心までは裁けぬ
吾が心は己で裁かねばならぬ

岡下《おかした》 香《かおる》『終わりの始まり』

命を差し出せば、償いがかなう

二〇〇九年九月、埼玉県所沢市の斎場で、歌誌『未来山脈』を主宰する歌人・光本恵子（68）＝長野県下諏訪町＝は、長い棺《ひつぎ》に納められた男の遺体と向き合っていた。顔は白い布で隠されている。遺体は男の死後、その遺志をくんで防衛医科大学に献体され、この日、一年半ぶりに家族らの元に戻ってきた。

光本は棺にカサブランカの花とともに、合同歌集『未来山脈選集』を入れ、焼き場に送った。選集には、男の歌が三十七首載っている。人を欺き、あやめた男。彼が歌と出会い、まろやかな心を取り戻した最後の証しだった。

一九八九年に東京都杉並区でアパートを経営する女性＝当時（82）＝から資産をだまし取って殺した上、詐欺の共犯者の男＝当時（38）＝を銃殺したとして、〇五年三月、元不動産ブローカー・岡下香（一九四六〜二〇〇八年）の死刑が確定した。光本の元に獄中から手紙が届いたのは、その前年の夏のことだ。

〈こんな私でも会員になれますか〉

光本は分け隔てせず「総理でもどなたでも入会できます」と返信した。

高裁判決後、いら立ちを静めるため、岡下は拘置所で短歌総合誌『短歌現代』を購入する。そこで三つの歌誌に目を留め、それぞれに手紙を出した。『未来山脈』にひかれたのは「言葉の響き」からだった。

「明るい未来がそびえている様で（略）心が大きく動いたのです」。〇六年六月、光本への手紙でこう明かした。最終的に『未来山脈』の同人になったのは、光本の返信が最も早く、「心ある内容」だったからだという。

宮崎信義（一九一二～二〇〇九年）の流れをくむ『未来山脈』には、三十一文字の定型にとらわれない口語自由律の短歌を詠む歌人が集う。岡下は毎月十首を投稿し、光本の指導を受けてメキメキと腕を上げた。「心を歌に書き留める能力がありました」（光本）。歌うことは心を見つめ、反省を深めることでもある。

大空を切り裂くように稲妻が唸《うな》る　罪深い吾を切り裂いてはくれぬか

このように自らを責める歌を作っていった。

〈先生、私の過去はどうしようもない生活でした。今ある立場には、全て私に非があり、現在の立場が辛《つら》いとか罪から逃れたいとか思うことはありません〉

〇六年二月の手紙では、こう反省の気持ちを記した。

獄中での小さな発見も歌になった。

〈最近は短歌創りが楽しいんですよ。これほど夢中になれる事、今までなかった〉（〇五年十月の手紙）

贖罪《しょくざい》の日々は、一本道だったわけではない。裁判で認定された「事実」には、最後まで納得しなかった。捜査段階で一度は女性殺害を認めたが、裁判では「気が付いたら死んでいた」と否認に転じた。一人殺害か二人殺害かは死刑の判断に影響する問題だが、最高裁は「不可解な弁解」と退けた。

人ひとり殺《あや》めたこの手で短歌を綴《つづ》る　侘《わ》びと願いごとの歌をつづる

自らの罪は、ただわびるしかない。だが「人ひとり」は、譲れない一線だった。それでも岡下は、裁判所に再審請求を出すことで執行を遅らせようとはしなかった。

〈いたずらに延命方法を選べば、自らの罪を償うことなく、いつまでも生きようとする卑怯《ひきょう》な自分と闘い乍《なが》ら生きることになります〉（〇六年十月の手紙）

〇四〜〇六年にかけて作った六百三十首は、六十回目の誕生日を迎えた〇六年十二月十四日、歌集『終わりの始まり』（未来山脈社）として出版された。費用は短歌の仲間のカンパなどで賄い、足りない分は光本が負担した。

〇八年四月上旬、二十年来の交際相手で、死刑確定後に結婚した妻（72）が面会に訪れた時、目の下にひどいくまができていた。「本を読んだりするから」。そう言ったが、妻は「（死の瞬間が近づき）悩んでいたのでは」と気持ちを察する。

〈時として集中的に今日か明日かとの怯《おび》えにおそわれる〉

〇八年二月の師への手紙で、執行への恐怖を明かしていた。

岡下が長い恐怖から解放されるのは、それから間もなくだった。四月十日朝、東京拘置所で刑が執行された。享年六十一。年内の執行を予想し、元日に妻や師の光本らへの遺書を書き、二月下旬にはキリスト教の教誨《きょうかい》を受けていた。

執行から三、四日して、光本の元に遺書が届いた。

〈汚れた自分がどんどん浄化されて（略）償いをする為《ため》の大きなパワーを短歌にもらいました〉〈先生に出会えてよかった。きれいな心で人生を締め括《くく》ることが出来ます〉

文面には、感謝の言葉ばかりがつづられていた。

▲短歌と出会って、まろやかな心を取り戻した元死刑囚・岡下香（右）。獄中の岡下に、師・光本恵子（左）は最後まで寄り添った。背景は、岡下が光本に贈った絵（中央）と、岡下の遺書

落日に歪む海見ゆ
人はみな泣いて心の水位を保つ

藤田幸江《ふじたゆきえ》『一瞬と永遠の間』

私、頑張ってるんだよ

外側にカールした髪。ぱっちりした瞳に、ほっそりした体。まるでリカちゃん人形みたいだと思った。

一九九八年夏、北海道釧路市のジャズ喫茶「ジス・イズ」。作家・桜木紫乃《しの》(49)は、入ってきた歌人・藤田幸江（一九六一～二〇〇六年）の姿を鮮明に覚えている。藤田は白血病で半年間入院し、退院したばかり。「これヅラ（かつら）だから」。初対面の桜木を前にあっけらかんと打ち明ける様子は、突き抜けた明るさに包まれていた。現代詩から小説へと軸足を移しつつあった桜木と、短歌の藤田。地元で文学の道を志す二人が互いを認め合い、「幸江姐《ねえ》」「伊代（桜木の本名）」と呼び合う仲になるのは自然の成り行きだった。

藤田はこの年の暮れ、歌集『時の砂』を上梓《じょうし》する。〈人は生まれながらにして「時間」という砂の量が決まっている〉。前書きでこう記した。病院の個室は、わが身を削っては暗闇へと落とす〈砂時計のよう〉だった。

闘病体験を軸とした歌集は評判となり、釧路文学賞に輝く。桜木も二〇〇二年に小説

「雪虫」がオール読物新人賞を受賞するが、作家デビューへと進めない。
○四年春、藤田は第二歌集『一瞬と永遠の間《あはひ》』を出す。これも評価され、北海道新聞短歌賞佳作に選ばれた。同新聞でコラム「夕べの止まり木」も始まり、歌人としてのキャリアを積み上げていった。
桜木に届いた一冊には、一筆箋が挟まれていた。

〈次は伊代の番だよ〜♪　姐ちゃんより〉

さりげない励ましだが、桜木には堪《こた》えた。新人賞を受賞したものの、書いても書いても先が見えない。「私の番はいつくるんだろう、と……」

だが人一倍、藤田の歌の良さを認めていたのも桜木だった。だからこそ、帯で病気のことが宣伝され「闘病歌集」と呼ばれるのが悔しい。

「いつまで病人でいるつもり？」。電話口で思いをぶつけると、「もう治ってるんだけどね。癒えて五年でもこの病名がつくんだよね」と、やわらかく返ってきた。

症状がなくなる「寛解」から五年以上。病は乗り越えたと、皆が思っていた。
○六年四月、夫と別れて独り身に戻った藤田は「ウイング」という喫茶店を始めた。二十人ほどで満席となる小さな店。藤田は長姉の三輪昌子（58）の力を借りながら「翼」

を羽ばたかせ、「自分の居場所ができた」と喜んだ。

だが、病魔はひそかに体をむしばんでいた。母の日に長女和佳奈（32）と次女千沙都（30）が贈り物を届けようと連絡すると「青たん（青あざ）ができて、体調が悪いの。月曜に病院に行くから、それから来てね」と言った。

体調が急変したのは五月十五日の夜だった。釧路の文化人を支える藤田印刷社長の藤田卓也（67）は、電話で「ちょっと体調がよくない」と訴えるのを聞いて、マンションに駆けつけた。卓也の娘の沙会《さえ》は前年、同じ白血病に十七歳の命を奪われた。幸江は闘病中の沙会を精神的に支え、その後は娘を失った卓也の心のよりどころとなっていた。

幸江は辛《つら》そうで、途中から横になったが、日付が変わるころ「もう大丈夫だから帰っていいよ」と言った。翌未明、幸江は電話中に嘔吐《おうと》し、通話相手の通報で駆けつけた救急隊の手で病院に搬《はこ》ばれた。到着時は意識があったが、院内でストレッチャーから転落。脳内出血を起こし、十七日早朝に帰らぬ人となった。四十五歳だった。

倒れたとの連絡を受けた桜木は「じゃあ私が起こしに行ってやろう」と、自宅のある江別から釧路へと列車に乗り込んだ。だが間もなく、幸江とともに私淑していた釧路の歌人・嵯峨美津江（79）から携帯に電話が入った。

「幸江が逝っちゃったよ。伊代、幸江が逝っちゃったよ」

最後に会ったのは、十二日前。同人誌『北海文学』を主宰した鳥居省三（一九二五〜二〇〇六年）の通夜だった。「二人だけのお通夜をしよう」と、おでん屋のカウンターに陣取り、ビールを飲みながら久しぶりに語り合った。

四つ角での別れ際、幸江はいきなり泣きだした。

「伊代、私、頑張ってるんだよ」

桜木は幸江を抱き締め「みんな姐ちゃんが頑張ってるの分かってるんだからさあ。いちいち口に出すなよ」と言った。

幸江はよく泣いた。またいつもの「空涙《そらなみだ》」か、と思ったが、今なら、その時にはもう白血病の再発に気付いていたんだろうと分かる。

幸江の死は、桜木の心に火を付けた。

「死んだら何も書けない。死ぬってそういうことなんだ」

書き手にとっての死の意味を身をもって知り、恐ろしくなった。そして、やっきになって短編を直した。文章を削ること、捨てることにためらいが消えた。

「このまま活字にならなくても、私はずっと書いていくんだろうな」。そう思ったころ、ようやく本が出せた。翌年、単行本『氷平線』でデビューした桜木は、一一年の『LOVELESSラブレス』で直木賞などの候補となり、一三年、『ホテルローヤル』で直木賞に輝く。

▲北海道釧路市の歌人・嵯峨美津江（中）を挟んでポーズを取る藤田幸江（右）と桜木紫乃（左）。2冊目の歌集を出した藤田は、桜木に「次は伊代の番」とエールを送った。背景は藤田が好きだった釧路の海に沈む夕日

「このままでは終われない時間を抱えている間柄」だった幸江姐。「もう八年になりますが、生きている人より、よく思い出します」

幸江の歌は、病の冠がなくても評価されるべきだったと思う。「これから」だったのに、もう、「この次」がない。死者は常に生者の口やペンで、いいように語られてしまう。桜木は、そのことが悔しくてならない。

「だから生きてなくちゃいけないんですよ」

血と雨にワイシャツ濡れている無援
ひとりへの愛うつくしくする

岸上大作《きしがみだいさく》『意志表示』

「恋と革命」に死す　デタラメダ！

東京都心の最低気温は二・七度。前夜からの氷雨が残り、こごえる寒さとなった一九六〇年十二月五日の朝、東京・経堂の学生寮で、当時国学院大学の一年だった沢口芙美(73)は「電話ですよ」と呼ばれた。

「またか」。沢口は一人の先輩学生を脳裏に浮かべた。付きまとうように追いかけてくる先輩。前の日も下北沢に出て来いと言われたが、行かなかった。寮にいると、また電話がかかってくるので、前夜は遅くまで親戚の家で過ごしていた。

受話器を取ると、違う男が意外な事実を告げた。「岸上さんが死にました」

大学の短歌研究会の部長で三年生の岸上大作＝当時(21)。寺山修司や中城ふみ子が輩出した「短歌研究新人賞」で連作「意志表示」が推薦作に選ばれて以降、頭角を現していた。その岸上がこの日未明、下宿先で自ら命を絶った。

口からいきなり鉛を飲まされたような衝撃。思わず大声が出て、体が震えた。

友人と一緒に東京・久我山の岸上の下宿を訪ねると、岸上は二階にある四畳半の自室に寝かされていた。枕元にご飯があった。線香の匂いが漂う中、短歌会の仲間らが周囲を取り囲む。顔にかけられた布をめくることはどうしてもできなかった。

「とうとうやった。どうしよう……」

当時十九歳の少女だった沢口は、ただおろおろするばかりだった。

遺品は、短歌会の一年先輩で最も仲が良かった高瀬隆和《たかかず》（一九三九〜二〇〇八年）が預かった。沢口は数日後、高瀬の下宿に呼ばれて遺書を見せられる。「ぼくのためのノート」と題し、コクヨの二百字詰め原稿用紙五十四枚にきちょうめんな万年筆の字でびっしりと、死に至るまでの思いがつづられていた。

〈これは、気のよわい、陰険な男の、かたおもい、失恋のはての自殺にすぎない〉

自らを〈ぶざまだ〉とあざけり、最後は乱れた字で〈デタラメダ！〉と結んでいた。

〈かたおもい〉の相手は、もちろん沢口だ。ノートを読んで、ショックを受けた。

「まさか、あんなことを書かれるとは思っていませんでした」

六〇年四月、福岡県久留米市から上京し、国学院大学に入学した沢口は、教室で一緒になった女子学生に誘われるまま、短歌研究会の部室をのぞいた。相手をしてくれた部員が、帰り際に追い掛けてきて会の年間歌集を渡した。それが岸上だった。沢口は、掲載されていた岸上の歌を読み、入部を決める。

岸上は沢口を気に入り、歴史や思想の本をテキストにした読書会や他大学の学生らを交えた短歌の同人誌『具象』に誘った。沢口も最初は、熱心な先輩についていく。

周辺の女性への片思いを繰り返してきた岸上は、この〈スバラシク聡明《そうめい》な女性〉にぐいぐい引かれていった。五月以降、日記には沢口の結婚前の本名「角口《かどぐち》芳子」のイニシャル「K」や「Y・K」が頻繁に登場するようになる。

岸上は社会問題への関心が強く、東京大生の樺《かんば》美智子（一九三七～六〇年）が死亡した六月十五日の安保反対デモにも、沢口らを連れて参加した。沢口ら女子は後方に退けられたが、前に押し出された岸上は、警官に警棒で打たれ、頭を二針縫うけがをする。岸上はこうした体験に、恋する人への思いを織り込んだ歌を作った。

出世作となった「意志表示」にも〈Y・Kへ〉と副題をつけた連作がある。露骨な「ラブレター」だが、そのころは沢口も悪い気はしなかった。

「うれしい気持ちもあったんでしょうねえ。歌を始めたばかりで、ああ、こういうふうに歌うのか、っていうのもありましたし」

岸上の代名詞とも言われる〈血と雨にワイシャツ濡れている無援ひとりへの愛うつく

しくする〉もまた、沢口への気持ちをうたい上げたものだった。創作ノートには、歌を書いては消し、何度も書き直した跡が残っていた。

〈無援にてワイシャツ濡らす血と雨にかぎりなく美しく愛顕《た》たしめん〉などとした末に〈血と雨にワイシャツ濡れている無援かぎりなく美しきこの愛にして〉がノートでの最終形だった。その後、発表用に清書したもので現在の形になった。ほかの歌にはこれほど推敲《すいこう》した跡は少なく、岸上が、この歌に並々ならぬ力を注いだ様子が伝わる。

海のこと言いてあがりし屋上に風に乱れる髪をみている

「意志表示」の一連の中のこの歌も沢口のことを詠んだものだ。沢口自身にも記憶がある。「確かに屋上に上がったことがありました。ああ、あの時の歌なんだって」

岸上の歌は「(部内で)いちばんシャープ」だった。沢口はそんな岸上の歌が好きだった。だが、歌人として尊敬することと、恋愛感情を持つことは別だ。

〈血と雨に〉の歌は、連作「黙禱《もくとう》　6月15日・国会南通用門」七首のうちの一首として、短歌総合誌『短歌』八月号に発表された。時代状況にも押し上げられ、歌は岸上の存在を歴史に刻印したが、沢口の戸惑いは逆に深まってゆく。

断っても断っても、また誘われる。何度も待ち伏せされたり、電話がかかってきたり、一方的に待ち合わせ場所に来るよう命令されたり。仕方なく会っても、雄弁な恋の歌と裏腹に無口で、ろくに話をしない。そのたびに、気持ちは冷えていった。

会わないように避けていたが、自殺の前々日にも、渋谷駅に近い大映通りの地下にあった喫茶「牡丹」で、顔を合わせる羽目になった。高瀬に頼まれていた卒論（「堀辰雄論」）の清書を渡す場に、岸上もいたからだ。岸上自身は特に用事がなかったが、沢口に会いたくてついてきていた。それが生前に沢口の見た最後の姿だった。

〈自分の犬死に社会正義の大義名分をかかげるのはよそう。これは、気のよわい、陰険な男の、かたおもい、失恋のはての自殺にすぎないのだ〉

〈ぼくはこの女にぼくの全存在を賭けた。時はまさしく安保闘争が高揚しつつある時だった。いまこそ、ぼくは恋と革命のために生きなければならなかった〉

「ぼくのためのノート」に、こう書いた。

岸上の死は、周囲の多くの人に深手を負わせた。とりわけ、母まさゑには残酷な出来事だった。終戦の翌年、小学一年生のときに戦地から帰ってきた父繁一を病気で亡くした岸上は、母まさゑの女手で育った。学費や東京での生活費は、まさゑや進学をあきらめて就職した妹の佳世が爪に火を点すようにして工面したものだった。岸上が仕送りを請う手紙を書けば、必ず母から現金書留が届いた。

「岸上展をやると、おかあさんの手紙や（仕送りの）現金書留を見て、必ず女の人が泣くんです」。岸上関係の資料の多くを保管している姫路文学館（兵庫県姫路市）の学芸員・竹廣《ひろ》裕《ゆう》子《こ》（47）は言う。「岸上自身は文学者として残ったけれど、息子としてはいちばん、お母さんにひどいことをしたと思います」

沢口の人生も翻《ほん》弄《ろう》された。六〇年の暮れから六一年初めにかけては、ぼうぜんとしていてあまり記憶がないという。

「死んじゃいけないということだけは思っていましたが、自分を肯定できなくて苦しかったですね。心を緩めると、普通のところから外れてしまう」

あの日から、短歌を作れなくなった。短歌の評論から入り、再び歌が作れるようになるまでに二十年の歳月を必要とした。

たかが歌　言葉に賭けてくびれたる若き生命のいきどほろしき

花かざる明日などは無しわが坂に口惜しく氷柱なす君が歌

歌人としての再スタート。その踏ん切りに選んだのは、岸上の故郷、兵庫県福崎町の墓所を訪ねて作った挽歌《ばんか》だった。

▲60年安保闘争のさなかに「恋と革命」を歌い上げた岸上大作（右）。遺書（中）には下級生だった沢口芙美（左）に対する失恋をつづり、最後に「デタラメダ！」と書かれていた。左下は、岸上の短歌ノート

大地震《おほなゐ》に崩れた家の天井に
十二の吾がまだ住んでゐる

楠《くすのき》 誓英《せいえい》『青昏抄《せいこんしょう》』

震災の闇を抜け、光へ

戦後間もなく建てられた木造二階建ての庫裏《くり》が、激しい揺れにきしみ、崩れかかる。両親と弟、それに自分が寝ていた二階は何とか残ったが、三歳年上の兄と祖母がいた一階はつぶれ、兄は一時、家具の下敷きになった。

暗闇の中、両親が必死に兄を助け出そうとする。その間に自らは、祖母を助けに向かう。近所の人たちの悲鳴や叫び声が響く。その声を耳にしながら、夢中で祖母の手を取り、ガラスが散乱する床をはだしで歩いて逃げた。その時の足の裏の感触が、今も残っている。

一九九五年一月十七日午前五時四十六分、関西地方を襲った阪神大震災。当時、小学六年生だった楠誓英(32)は、震源からわずか十五キロほどの神戸市兵庫区の自宅で、その直撃を受けた。実家は浄土真宗本願寺派の「廣福寺《こうふくじ》」。駐車場にしていた寺の一階もつぶれた。

寺は会下山《えげやま》断層の真上に位置する。この断層がずれ、寺の周辺地域に激しい揺れをもたらした。山側にある松本通の先は火の海となり、火の手が迫る。人が焼ける臭いが漂ってきて、生きた心地がしなかった。通っていた小学校の下級生六人が亡くなり、全校で五百人余の児童のうち、楠を含む五分の一の家が全壊・全焼した。

脳梗塞で入院していた祖父誓隆《せいりゅう》＝当時（80）＝は、命をつないとめていた電気機器が止まり、十日後に肺炎で息を引き取った。なのに、その葬儀すらすぐには出せない。まさに、この世の地獄だった。

神戸市などで六千四百三十四人が亡くなり、負傷者は約四万四千人、全壊家屋は約十万五千棟に達した震災。水泳を習い、外遊びが大好きだった少年に、その傷は思いのほか深手だった。高校に入ると、同じ神戸でありながら同級生の多くは被災していない。

「震災のことを語ると、引かれてしまうんです」

やがて自ら被災経験に封をするようになった。体験や思いを語れないことで鬱屈《うっくつ》し、ますます内向的になった。

一方で、周囲の大人たちからは繰り返し「亡くなった人の分まで頑張って生きなさい」と言われる。

「ただ普通に無邪気に生きることも許されない。当時の自分には、影と闇しかなかったと思います」

関西学院大学の学生時代に短歌を始めても、被災経験を詠めなかった。「冷静になれないし、震災を道具にするようで迷いがあった」と言う。

しかし、押し込めた悲しみや怒りは熾火《おきび》となり、心の中でひそかに燃え続けていた。その火が一気にほとばしるのは、十六年後のことだ。二〇一一年三月十一日午後二時四十六分に起きた東日本大震災がきっかけだった。

テレビでは、津波の濁流が人や建物、車などをのみ込む様子を何度も何度も映している。その映像が怖くて見られない。「その時、これ（被災経験）は自分の中で真剣に向き合わなきゃいけない事実なんだなって思ったんです」

しばらくして、自らの被災経験をテーマに歌を作った。歌誌『アララギ派』の二〇一一年六月号に八首の連作を出した。東日本大震災の津波のイメージが、最後の三首で阪神大震災の記憶に転じる。八首目にこうある。

東北の地震は吾が内に蔵したる震災の傷をも震はせてゐる

しかし、すぐには発表できない歌があった。歌の背景にある体験はあまりにも個人的で、理解されるとは思えなかった。ようやく公表を思い立つのは、3・11をうたう震災詠が一段落したころ、一三年五月のことだった。

大地震に崩れた家の天上に十三《ママ》の吾がまだひそんでゐる

あの日から十八年半、一三年八月号の『アララギ派』にその歌は掲載された。翌年七月に出した歌集『青昏抄《せいこん》』（現代短歌社）では、さらに表現を整え、阪神大震災をテーマにした連作「棺《ひつぎ》の跡」の冒頭に置いた。

今の自分を天井から見つめている、あの時の自分の眼。いつまでたっても閉じ込められている感覚を一首の器に盛り込んだ。

楠は一五年一月十七日、二十年後の同じ時刻に神戸市中央区で開かれた市主催の追悼式「阪神淡路大震災1・17のつどい」に初めて足を運んだ。十万人の市民らが集まり、一万本の竹筒に次々に灯をともしてゆく。人の輪の中にいて、一人ではないと感じた。

「感動しました。震災の記憶は自分だけのもので、抱えていくしかないと思っていまし

たが、共有されるもんやなと。自分の痛みだけでなく、普遍的なもんなんやなと」
かつては「影」や「闇」が真実だった。今も「希望」や「光」を安易に詠むべきでないと思っている。だが、二十年の時を経て考えは変わった。
「意識して詠みはしないけれど、これからは光を詠みたい。闇から光へと一歩出ていける感じがするんです」

▲12歳の時に起きた阪神大震災で被災した楠誓英（右）。実家の寺と自宅（左下）は全壊し、その傷は長く残ったが、被災20年後の2015年1月17日、初めて神戸市の追悼のつどい（左上）に出席し、自らの痛みが多くの人の痛みだと感じた

戦いの事には触れず明日は征く
君テニスンの詩《うた》くちずさむ

金城英子《きんじょうえいこ》

引き裂かれた「永遠の愛」

二〇一四年五月、神奈川県平塚市の英語講師金城真弓（56）が、九十歳で永眠した母英子の遺品を整理しようと、寝室のたんすの引き出しを開けた時のことだ。薄茶色に焼けた手紙の束が目に入った。

〈英ちゃん、私は英ちゃんを永久に愛し続けることを約束いたします〉

英子に宛てたラブレター。差出人は、すべて一人の男性だった。

始まりは昭和十五（一九四〇）年七月のことだ。沖縄第一高等女学校を卒業し、東京の和洋女子専門学校（現和洋女子大学）に進学した英子は、夏休みに那覇市の実家に帰るため、大阪から大阪商船（現商船三井）の貨客船「浮島丸」に乗った。そこに一人の青年がいた。熱い視線に胸が騒ぐ。この年、早稲田大学商科専門部を出て、大阪商船に入った新米社員の高橋富男だった。英子十七歳、高橋二十二歳の運命的な出会いだった。

二泊三日の那覇への旅路で仲良くなった高橋と英子は、帰京時にも友達を交えて大阪で遊び、互いに恋が芽生える。高橋は大阪—那覇間の乗船勤務だったが、休暇の折などに何度か上京し、逢瀬《おうせ》を重ねた。銀座・東宝グリル、新宿・武蔵野館、渋谷・道玄坂……。英子の手帳に残された書きこみからは、東京の繁華街で二人が寸暇を惜しむようにデートした様子が浮かぶ。

文学青年の高橋は、会えばテニスンの詩を口ずさみ、文学を語った。だが、二人の蜜月は長くは続かなかった。

〈船は今日入港しました。このたびの入港は私のもっとも悲しい入港でした。運命の戯《いたず》らに心から泣いた入港でありました〉

十月ごろに届いた手紙は、冒頭から悲痛な言葉を連ねていた。

〈入営するのです。今年の十二月か来年の一月になるかも知れませんが、私は兵役が第一乙種で、入営するのです〉〈今日の私はもはや昨日の私ではありません〉

兵役に入れば三年間、戻れない。失意の高橋に追い打ちをかけるように、祖母の死や母の発病が続いた。

〈どん底にたたきつけられる思いがしました〉〈私は唯々《ただただ》泣きました〉

十一月に上京した高橋は、英子と入営前の最後の日々を過ごした。上野でのデートの様子を英子が日記に記していた。

〈二人は黙ってベンチに腰をかけた〉〈三年の長い月日が私達の前には横たわっている〉

〈英ちゃん、必ず幸福にしてあげるとしっかり、手を握ってくれた〉

十一月末、高橋は自らの「青春日記」を英子に託し、青森・弘前に向けて東京を発《た》った。翌月一日、物資輸送などを担う輜重兵《しちょうへい》連隊に入営。その前の晩も、弘前市内の旅館で英子への手紙をしたためた。

〈私は英ちゃんを永久に愛します。そして英ちゃんが私を絶えず愛して下さるという希望を持ってこれからの三年を過ごす積《つも》りです〉

高橋は翌年一月、日中の激闘が続く北支（中国北部）へと出発する。山西省で戦闘に参加し、主計下士官となった。だが三年の満期を迎えても兵役が延長され、戻れない。連隊は十八年末、ニューギニアに転進した。

〈ジャワの天国、ビルマの地獄、生きて帰れぬニューギニア〉と歌われ、九割が死んだという過酷な戦場で、高橋は終戦まで辛うじて生き延びた。

「相手の弾なんかじゃ誰も死なない。死ぬのは病気と飢えだ」

戦争のことはほとんど語らなかったが、長女の奥山泰子（62）の息子が子供のころ尋ねると、珍しくこう話した。カエルや蛇を食べて飢えをしのいだという。戦争を嫌い、死ぬまで軍人恩給の受け取りを拒んだ。
命拾いした高橋が、西部ニューギニアのサルミから復員したのは、二十一年六月のことだ。三年のはずが五年半かかった。だが、首を長くして待っているはずの恋人はいなかった。同年の秋、英子は別の男性と結婚していたからだ。
なぜ英子は、高橋を待たなかったのか。日記に、理由が記されていた。同年二月、英子は沖縄新報（琉球新報の前身）の編集局長を務めた父渡久地政憑《とぐちせいひょう》を亡くす。そこに経済的に頼っていた伯父から縁談が舞い込んだ。英子は、断れなかった。愛しているのは、高橋。自分をよくわかっている人と一緒になりたいと訴えても、伯父は認めない。〈あの人との結婚は私のような境遇には許されないと言う〉〈第三者によって決められた結婚をしようとは夢にも思わなかった〉
祝言の時に撮影されたとみられる一族の集合写真の真ん中で、英子はカメラをにらみつけるような表情で写っている。しかし英子は、後に空手の世界で大成する夫裕《ひろし》（二〇一三年に九十四歳で死去）を次第に受け入れるようになり、三人の娘を授かった。高橋は大阪商船に復職した後、親類の女性と見合い結婚し、一男一女を得た。二〇〇〇年四月、八十二歳で没した。

英子の手帳には、たくさんの短歌が残されていた。それを読み、長女久美子（65）と、次女真喜子（63）、三女真弓の三人は、母の生きた証しを残そうと、歌集を作ることにした。タイトルは『遠い日への哀歌』。中心をなすのは、高橋との短くも燃え上がるような恋を詠んだ相聞歌だ。写真家の真喜子が、母が好きだったライラックの花を撮影し、表紙にした。かつて戦地の高橋が押し花にして英子に贈った花だった。

七十年以上ひそかに抱き続けた、若き日の恋。真弓は言う。「亡くなる前日、母は少女のような顔になっていました。母は高橋さんのところに戻ったんだと思います。思いを遂げたんだと」

▲若き日の恋を抱き続けてきた金城英子（右）。アルバムの余白には、出征した恋人・高橋富男（左）を思う歌が書かれていた。娘の真喜子は遺歌集の表紙に自ら撮影したライラックの花をあしらった

3番線快速電車が通過します
理解できない人は下がって

中澤《なかざわ》系《けい》『uta0001.txt』

意味を切り裂く銀のカミソリ

〈3番線快速電車が通過します〉。駅で当たり前のように流れるアナウンス。それに続く言葉に息をのむ。〈理解できない人は下がって〉

切羽詰まった駅員の声。日常の光景がいきなり別の世界に変わり、電車を待つ人々は混乱し不安に包まれる。

中澤系（一九七〇〜二〇〇九年）は、この歌に始まる連作「uta0001.txt」二十首で一九九七年度の未来賞を受賞した。歌誌『未来』の十人の歌人が選考するが、岡井隆(57)、加藤治郎(55)ら四人が一位に推す断トツの評価だった。

「インターネット時代の幕開けを象徴する歌人」。時代の先端を行く中澤を、加藤はこう受け止めた。穂村弘は中澤の歌集の栞《しおり》に寄せ〈不安な閃《ひらめ》きに驚きながら、私は、ああ、これは完璧かもしれない、と思った〉と書いた。〈心の奥で誰もが知っていて、けれど誰も触ることができなかった『そこ』に、この歌は完璧に触れてしまっている〉

早稲田大学で哲学を学び、ジャズバンドでトランペットを吹いていた中澤が、短歌を作りはじめるのは一九九四年ごろのことだ。残された手帳の一冊の冒頭には九四年十二月と記され、短歌や歌にならない断片が書かれている。

〈永遠に増殖を続ける価値を／意味を切り裂く銀のかみそりを持て〉

〈裂け目を、すき間を、表から見る、裏側から見る、そこにあり、あり得るものを、角度を変えること、ふりかえってみること〉

九七年に『未来』に入るとすぐに頭角を現した中澤は、たゆみない自問自答を続けながら、時代の本質を突く歌を発表していく。二〇〇〇年ごろからは、歌集制作の準備に入った。題は『糖衣』。ワープロ打ちした原稿を大量にプリントアウトして、赤ペンでチェックを入れていった。まだ三十歳前後。誰もがこの先の成功を疑わなかった。

だが『未来』〇一年八月号を最後に、中澤の歌は誌上からパッタリと途絶える。原因は精神的な不調だった。自ら精神科を受診し「うつ病」と診断された。治療を受けてもいっこうに改善しない。ある日、ラーメンを食べようとしたら、どうやって食べたらいいのかわからなかった。

「脳が駄目になる」「なんでこんなことになっちゃったんだろう」

そう言って沈み込んだ。「ふてぶてしくて、どこか繊細」。友人たちがそう評した本来の姿はだんだん失われてゆく。

〇二年春、東京都内の大学病院で磁気共鳴画像装置（ＭＲＩ）検査を受け、遺伝性の難病である副腎白質ジストロフィー（ＡＬＤ）と判明した。中枢神経がやられ、症状が進行すると、言語・歩行障害が起きる。根本的な治療法がなく、多くは五～十年で死に至る。中澤も少しずつ症状が進行し、ついにあれほど豊かに育んできた言葉を失った。歌集は『未来』同人のさいかち真《しん》（56）らの尽力で〇四年に出版されたが、自身はそれを読むことができなかった。

中澤の歌にふたたび光が当たるのは、一二年三月。歌集に衝撃を受けた一人の歌人がツイッターに書き込んだつぶやきがきっかけだった。

〈もし中澤系さんの歌集が復刊されたとしたら、買いたいという人はどのぐらいいるだろう〉。歌人の本多真弓（49）がこうつぶやくと、〈購入したいです〉と、ツイートが相次いだ。多くは、中澤の歌に共感する若者たちだった。〇四年の歌集は、版元が廃業したため、入手が難しくなっていた。

翌四月、復刊に向けた活動を知った中澤の妹で書家の璨光《りこう》（43）が本多にメッセージを送る。以後、璨光と本多の二人三脚で本格的な取り組みが始まった。この間、中澤の歌はツイッターで流れ、新たなファンを獲得し続けた。

それから三年。命日の二〇一五年四月二十四日、『中澤系歌集 uta0001.txt（うた・ゼロゼロゼロワン）』（双風舎）が刊行された。旧版の内容に加えて、歌人の斉藤斎藤（42）が解説を書き、社会学者の宮台真司（56）が文章を寄せた。璨光は、家族から見た思い出をつづった。

五月四日、璨光と本多は東京・平和島の流通センターで開かれた「文学フリマ東京」に歌集を並べていた。千九百円と決して安くはないが、準備した百冊が飛ぶように売れていく。「あってよかったあ！」。若者たちが、次々と声を上げる。

「歌に衝撃を受けました。短歌は定型に縛られている印象がありましたが、こんなに自由で、モダンで、クールなんだと」

歌集を手にした東京都国分寺市の大学生・南北義隆《なんぼくよしたか》（23）は、こう話す。午後三時すぎには、百冊すべてが売り切れた。

世紀末から新世紀にかけての五年間を一気に駆け抜けるように、歌い続けた中澤。事実上の絶筆となった〇一年八月の連作七首の最後から二番目に、彼にしては珍しくやさしい一首がある。

こんなにも人が好きだよくらがりに針のような光は射《さ》して

そのとき歌人はどんな光を見たのか。今となっては誰もわからない。

▲時代の先端を行く歌で注目されながら早世した中澤系（右）。唯一の歌集は手に入りにくくなっていたが、妹の璨光（中）や歌人の本多真弓（左）が奔走し、２０１５年春、復刊が実現した。左下は、苦闘の軌跡を示す中澤のノート

「この味がいいね」と君が言ったから
七月六日はサラダ記念日

俵万智《たわらまち》『サラダ記念日』

軽やかな恋の歌社会現象に

教職員室から受け持ちの教室へと向かう長い廊下を歩き、図書室の前で角を曲がろうとした時だった。

「あっ、サラダ記念日！」

一首に入れようと思いながら、しっくりこなかった「サラダ」と「記念日」の二つのピースが、がっちりと結びついた。

一九八六年の初夏、早稲田大学文学部を出て、新卒二年目の国語教員だった俵万智(52)は、勤めていた神奈川県立橋本高校の図書室に駆け込むと、手帳を取り出して完成した一首を書きこんだ。


「この味がいいね」と君が言ったから七月六日はサラダ記念日

知らない人がいないほど広く知られるようになった歌の核心は、もちろん〈サラダ記念日〉だが、「もともとはサラダじゃなくて鳥の空揚げでした」。

後楽園球場（今の東京ドーム）で、当時のボーイフレンドと広島対巨人戦を見たときのことだった。弁当にカレー味の空揚げを入れて出してみた。その彼氏に「『おいしい』って言われて、やった！ と」。最初は〈カレー味のからあげ君がおいしいと言った記念日六月七日〉。これを〈「カレー味がいいね」と君が言ったから今日はからあげ記念日とする〉と直すなど改作を重ねた。

だが「空揚げ」では、さすがに歌にならない。手の込んだフランス料理ならおいしいのは当たり前だから〈この味がいいね〉とはならない。サブ的なもので何かないかな、そうだサラダがいい。七月《しちがつ》のSと、サラダのSで音もいい。七月七日では七夕でありきたりだから、一日前にするか。一週間ほどこうして推敲《すいこう》を重ねて、やっと形がまとまったのが、この瞬間だった。

この年、短歌界でもっとも権威のある登竜門とされる角川短歌賞を受賞した俵は、受賞第一作として発表した三十首の末尾から三つ目にこの歌を入れた。連作のタイトルは、もちろん「サラダ記念日」とした。

八一年四月、早稲田の文学部国文科に入学した俵は、二年生の時に歌人佐佐木幸綱

(76)が教える「日本文学概論」の講義に魅入られ、短歌の虜《とりこ》になった。何度も佐佐木に手紙を出し、三年生になってその知遇を得ると、毎週のように短歌を作っては見てもらった。この間、単位と関係なく佐佐木の授業をあまねく聴講し、政経学部の佐佐木のゼミに潜りこむほどの傾倒ぶりだった。

俵を見た佐佐木の第一印象は「小さいし、眼鏡をかけてて化粧っ気がない。田舎の高校生みたい」。だが、やがてその歌の才能に目を見開かされる。

「最初から口語が入っていて、音楽的感覚、リズム感がシャープな感じだったんですね。言葉を意味ではなく、音楽で選んでいる」

観念的な文学少女とは異なる歌に「ネアカの時代の始まり」を感じたと言う。

俵の歌が最初に注目されたのは、八五年のことだ。角川短歌賞次席となった連作「野球ゲーム」の中の〈「嫁さんになれよ」だなんてカンチューハイ二本で言ってしまっていいの〉。今ではおなじみの缶酎ハイだが、八四年に宝酒造が「タカラcanチューハイ」を発売したばかりだった。最新の風俗を詠みこんだ歌は、ふだんは短歌と縁遠い人たちにも広く愛誦《あいしょう》された。

だが『サラダ記念日』は、それをはるかに超える社会現象となる。きっかけは、一人の敏腕編集者との出会いだった。河出書房新社『文藝』の長田洋一《おさだよういち》（70）。八六年十一月末ごろ、長田は東京・新宿駅東口のマイシティにあった喫茶店「伊勢丹プチモンド」に俵を呼び出した。小説の新しい才能を発掘するため、俵にも書いてみるよう口説くのが目的だった。俵は乗り気でなかったため不首尾に終わったが、代わりにエッセーを依頼し、承諾を得た。

そのあと雑談の中で歌集の話になった。その証言（『文芸春秋』八七年九月号「『サラダ記念日』騒動記」）によると、長田は、まもなく俵から送られてきた歌稿を一晩で読み、即座に決意した。

「おもしろい。これは絶対河出で出さなくちゃいかん」

角川短歌賞受賞作の「八月の朝」五十首に始まる四百三十余首。俵は勤務の合間に歌集づくりに没頭し、一首ごとの配列やあとがきの文章をすべて暗記するほど練りに練った。タイトルも自ら『サラダ記念日』に決めた。

歌集は自費出版が多く、あまり売れない。一般的な初版部数は数百部程度。そんな出版業界の常識を覆し、一冊九百八十円の商業出版で初版八千部を刷った。当時、俵から部数を聞かされた著名な編集者・安原顕《けん》（一九三九〜二〇〇三年）は椅子から転げ落ちんばかりに驚き「その編集者、頭が狂ってる」と言った。

装幀《そうてい》は一線の装幀家・菊地信義(72)。表紙に俵の写真をあしらった大胆な装幀は、自身の代表作となった。長田は帯にも力を入れ「万葉集も／なんのその、／与謝野晶子／以来の大型新人類／歌人誕生！」と強烈にアピールした。

裏表紙では、作家の高橋源一郎(64)が吠《ほ》えた。

「コピーが詩人たちを青ざめさせたのはつい最近のことだった。今度は短歌がコピーライターたちにショックを与える番だ。読んでびっくりしろ」

見本本ができあがり、東京・千駄ヶ谷の河出の本社で俵に渡された。「ありがとうございます」。そう言うなり、目からみるみる涙があふれ出した。

「感激してぼろぼろ泣きました。小さいころから本が好きだったから、書く人になれたらいいとずっと思っていましたから」

八七年五月八日、歌集が出版され、書店に並んだ。この年、狂乱地価がピークに達し、政府・日銀は景気回復を宣言。国民資産所得が世界一となるなど、日本はバブル景気の入り口に立っていた。口語で軽やかに若い女性の恋愛を詠んだ俵の歌は、伝統的な歌人からは批判されたが、時代の空気と相まって、同世代の若者はもちろん、中高年まで男女を問わず絶大な支持を集めた。

新聞やテレビ、雑誌が次から次へと歌集と俵のことを紹介する。そのたびに本が飛ぶように売れていく。六月には早くも二十五万部を突破。八月末までに百六十万部以上が売れる大ベストセラーとなった。

「ピーク時には書店から一日に一千五百本の電話があり、営業部員総出で対応しました。製本をしていた小泉製本では火曜に二十万、金曜に二十万と、三週間に百二十万部を作ったこともあったほどです」

河出の営業担当だった野沢慎一郎(69)は、こう証言する。

学校が終わるや、連日複数のメディアのインタビューを受けた。喫茶店の席に三人、四人の記者が待っていて、一人終わるとその次、といったふうにテーブルを回った。週末は書店に連れて行かれ、サイン会などをする。

「学校の前は中央高速に入る観光バスが通るルートにあるんですが、バスを見ていると、学校の前でスピードを落として案内していました」

橋本高校の国語科の同僚だった斎藤一美(59)は、その熱狂ぶりを振り返る。俵は「学校ではいつも通り」を貫き、授業には手を抜かなかった。

歌集はこれまでに単行本で三百九十七刷二百五十万部、文庫で五十刷三十万部の計二百八十万部を発行した。今も増刷が続く。

〈生きることがうたうことだから。うたうことが生きることだから〉

あとがきにこうつづった俵は八九年に学校を辞めた後、多彩な文筆活動を続けている。その創作の中心にあるのは、今も短歌だ。

「何げないものを記念日に変えてくれるのが自分にとっての短歌です。私には一番相性のいい表現手段、魔法の杖《つえ》なんです」

▲単行本が250万部の大ベストセラーとなった『サラダ記念日』。発売翌年には200万部を突破し、ホテルで「謝恩会」が開かれた（左）。一児の母となった俵万智は現在、沖縄・石垣島で暮らしている（右）

かしこきかもマイクの前に立たせたまふ
大御姿《おほみすがた》をまのあたりにして

下村海南《しもむらかいなん》『終戦記』

命を懸けた玉音放送

「身辺を整理して、集結せよ」

終戦を間際に控えた昭和二十（一九四五）年八月十四日の晩、東京・白山上の隊舎にいた近衛歩兵第二連隊第一大隊の兵たちに、いきなり命令が下った。近衛歩兵連隊は、天皇を守る重要な部隊だ。第二連隊は第一連隊と交代で、宮城（皇居）の守備に当たっていたが、この晩は非番のはずだった。

第三中隊の上等兵和久田正男（92）＝浜松市中区＝は、命じられるままに家族の写真などわずかばかりを背嚢《はいのう》に詰め込み、軍装を整えた。徒歩で皇居へと向かい、吹上御所に入る。和久田らは班長の命令で、御文庫と呼ばれる昭和天皇（一九〇一〜八九年）の防空用の住まいの周辺の警備に入った。

翌十五日未明、九九式短小銃の実弾が渡され、新たな命令が出た。

「皇宮警察を武装解除し、録音盤を捜せ！」

和久田らは、御所内を警備していた一人の警官の銃を奪い、帯剣を取り上げた。空がほのかに白むころ、班の兵七〜八人で、御文庫近くにあるお茶屋造りの花陰亭や霜錦亭の内部に踏み込んだ。

「土足で入っていき、蚊帳を引きちぎって中を捜しました。必死に捜したんですが、見つかりませんでした」

命令は「とにかく捜せ」の一点張りだった。近衛師団長の森赳（一八九四〜一九四五年）を殺した反乱将校による偽の決起命令に踊らされていたことなど、和久田ら末端の兵は知るよしもなかった。

近衛兵が捜す録音盤に入っていたのは、ほとんどの国民が一度も耳にしたことのない昭和天皇の肉声だった。自らマイクの前に立ち、日本軍の無条件降伏を求めたポツダム宣言の受諾、敗戦を伝える玉音放送。その実現の先頭に立ったのが、内閣情報局総裁の下村海南（一八七五〜一九五七年、本名・宏）だった。

下村はこの年の四月、鈴木貫太郎内閣の報道を統括する情報局総裁に就任した。朝日新聞で副社長を務め、自由主義的な報道人として知られた下村は、もともと日米開戦に反対の立場だった。鈴木内閣でも早期停戦に持ち込むため、鈴木や他の閣僚に働き掛けていた。

その中で終戦の実現に向けた決め手と考えたのが、御前会議での天皇の決断、いわゆる「聖断」と、玉音放送だった。下村は側近の侍従長藤田尚徳（一八八〇〜一九七〇年）らに働き掛け、八月八日、じかに意見を述べる機会を得る。

国会図書館憲政資料室に保存されている「参内前記」などによると、下村は前日来、腹を下していた。食事を抜いて〈腹を干し〉、午前の公務を終えた後、官邸の理髪店で髪を整え、午後一時すぎ皇居に向かった。三日前、田園調布の自宅でしたためた十枚の原稿に、六日の広島への原爆投下を受けて一枚を書き加え、風呂敷包みで持参していた。

下村に与えられたのは、一時間。机をはさんで六尺（一・八メートル）ほどの距離で天皇と相対し、陸海軍報道部の一元化や民心の動向、できるだけ国民に真相を発表するよう方針を改めたことなど、総裁としての取り組みを順に説明してゆく。さらに国民が〈感激も表情もなくなったとさえ思われる。長らく言論の指導圧迫により無批判の惰性に陥っているからでもあろう〉〈倦怠《けんたい》と疲労の気分は増すばかりである〉〈軍に対する国民の信頼は著しく低下し〉ている、と率直に現状を伝えた。

そして〈いまや日本帝国興亡の秋《とき》に直面した〉として、〈御聖断を仰ぐべき時なりという一億国民の心持ちがうかがわれます〉と説明。玉音放送などとんでもないと周囲に阻止されてきたが〈さような窮屈なことなど言っておられる時ではありません〉と、最終局面では天皇がじかに国民に向けて語るほかないと訴えた。

時折、感極まって言葉を詰まらせながら下村が話を終えると、天皇は思いを語り、次々に質問を重ねた。午後一時二十八分に始まった上奏は、予定の一時間の倍近くに及び、午後三時二十二分に終わった。

この日午後四時ごろ、下村の後に参内した外相東郷茂徳（一八八二〜一九五〇年）から、原爆投下を転機として戦争終結を決するべきだとの提案を受けた天皇は「なるべく速やかに戦争を終結せしめるように」と述べ、事態は一気に終戦へと動きはじめる。

十日の最高戦争指導会議でポツダム宣言を受諾する意向を述べた一度目の「聖断」、十四日の御前会議での二度目の「聖断」を経て、同日の深夜、宮内庁の執務室で玉音放送の録音が行われた。

〈朕深く世界の大勢と帝国の現状とに鑑み……〉

すぐ横に立つ下村の合図で二度の録音が行われた。一カ所、接続詞の読み飛ばしがあり、天皇は「もう一度」と望んだが、下村が辞退した。放送は翌十五日正午。録音盤は侍従が預かり、事務室に保管した。

録音を終えた下村ら一行には、侍従室でプリンが振る舞われた。情報局部長の加藤祐三郎（一九〇三～没年不明）は後に〈恐らく生涯を通じて最もおいしいプリン〉（『官僚の見た昭和史　戦前戦後の社会運動』）と振り返った。

一服の後、一行十八人が車に分乗して皇居を出ようとすると、衛兵に誰何《すいか》され、全員が二重橋近くの衛兵所に軟禁された。狂信的に徹底抗戦を続けようとする陸軍省の少佐畑中健二（一九一二～一九四五年）らを中心とする反乱将校の偽命令で、クーデターが行われようとしていた。

加藤の回想（『官僚の見た昭和史』「内政史研究資料第七十六～七十八集　加藤祐三郎氏談話速記録」）によると、衛兵所で加藤は下村の手を握り、励ました。この時、下村は懐に天皇との会話を記録した「参内記」を持っていた。そこには、天皇が開戦時の海軍軍令部総長だった永野修身《おさみ》（一八八〇～一九四七年）の責任や、首相だった東条英機（一八八四～一九四八年）の評価を語るくだりも書かれていた。たとえば、東条の人事について「あまりにも信賞必罰に急であり、その度をすごしたと思う」といった「お言葉」が書かれており、反乱兵に見つかれば殺される恐れがある。下村は用足しに行くふりをして、危ない部分を抜き取り、便所に流した。

ほっと一息ついた下村の心に歌の欠片が浮かんできた。しかし、異常な事態に巻き込まれたせいで胸が千々に乱れ、なかなか調べをなさない。ようやく〈かしこきかもマイクの前に立たせ給ふ大御姿をまのあたりにして〉*〈思ひきや大内心に夜をこめて君と國とをひたしのびつつ〉の二首ができた。

やがて下村はうとうとしはじめ、机に組んだ腕に顔を預けて眠った。朝になると、反乱は鎮圧されており、午前七時半ごろには全員が解放された。

十五日正午、二回目の録音が内幸町のＮＨＫから全国に向けて流された。日本中の都市という都市が破壊され、戦地や国土で膨大な数の人の命が失われた、長く惨めな戦争が終わった。

戦後、下村は戦犯に問われたが、起訴はされなかった。しかし、公職追放され、自宅は接収された。戦後十二年間生きたが、孫の宏彰（70）に玉音放送など終戦時のことを話すことはなかったという。宏彰は今、こう祖父を語る。

「死を覚悟していたことは間違いないでしょう。ここぞというときに、国民の立場に立って日本のためにやるという心構えを貫いた。祖父でなかったとしても、立派だったと思います」

＊一九四五年十一月に出版された歌集『蘇鐵』では〈かしこきかもマイクの前に立たせ給ふ大御姿にたゞに涙落つ〉とされている。『終戦秘史』（一九五〇年）では、『終戦記』（一九四八年）と同じ表記。ただ、監禁中に作った歌としては別の3首を挙げている。

▲昭和天皇（右）の声で国民に敗戦を告げる玉音放送のため奔走した情報局総裁（当時）の下村海南（左）。放送当日の未明、録音盤を奪おうとする反乱兵に軟禁されたが、何とか実現にこぎ着けた。

紐《にゅう》育《よう》空《くう》爆《ばく》之《の》図《ず》の壮快よ、
われらかく長くながく待ちゐき

大辻《おおつじ》隆弘《たかひろ》『デプス』

テロで噴き出した潜在意識

「洛中洛外図」を思わせる六曲一隻の屏風《びょうぶ》絵。しかし、そこに描かれているのはおびただしい数のゼロ戦に爆撃され、火の手の上がる米ニューヨーク・マンハッタンの光景だ。ゼロ戦は螺鈿《らでん》の装飾のようにキラキラと輝き、編隊は∞（無限大）の形に連なっている。会田誠(49)の「戦争画RETURNS」シリーズの代表作「紐育空爆之図」（一九九六年）は、戦時中に日本を襲った無差別爆撃の攻守を逆にし、現代によみがえらせた。

その空想画の世界が二〇〇一年九月十一日、現実になった。テロリストに旅客機四機がハイジャックされ、うち二機がマンハッタンのランドマーク・世界貿易センタービルの南北二棟に突っ込んだ。犠牲者は日本人二十四人を含む約三千人。激突する映像はテレビで繰り返し放映され、世界中に衝撃を与えた。

三重県松阪市の歌人・大辻隆弘(55)もその光景に衝撃を受け、明け方までテレビ画面にくぎ付けになった。しばらく言葉を失ったが、米中枢同時テロ事件をモチーフに十日かけて十首を作り、歌誌『未来』に出した。その冒頭に会田の絵の題を引用した一首があった。

紐育空爆之図の壮快よ、われらかく長くながく待ちゐき

「われら」で通した連作の主語は「われら日本人」のように響く。三島由紀夫(一九二五~七〇年)の「英霊の聲」に登場する二・二六事件の反乱兵や特攻隊員の「英霊」の祝詞《のりと》をも連想させる。

〈血潮はことごとく汚れて平和に澱《よど》み/ほとばしる清き血潮は涸《か》れ果てぬ。/天翔けるものは翼を折られ/不朽の栄光をば白蟻《しろあり》どもは嘲笑《あざわら》う。/かかる日に、/などてすめろぎは人間《ひと》となりたまいし〉

無差別爆撃であまたの命を奪われ、完膚なきまでに叩きのめされて戦に敗れた「われら日本人」の心中にあるかつての敵国・米国への怨念を込めて詠んだ歌——。そうかと思って尋ねると、大辻はそうではないという。

「日本人の心に秘められた反米意識には、あとから気付かされました。あの時は自分の中にあるそうした感情を意識していなかったんです」

ただ、米国のブッシュ政権が（各国が温室効果ガスの排出を減らす）京都議定書の批准を拒んだこと、米国流のグローバリズムに押されて日本が属国化していることには反発していた。そこにテロリストが一撃を加え、快哉《かいさい》を叫ぶ「アナーキーな気持ち」が湧いた。ふと会田誠の絵が浮かんだ。「心のままにうたうのはまずい。絵の題を借りれば……」。そう考え、一首を練り上げた。

大辻の一首は、岡井隆（87）が短歌総合誌『歌壇』で「テロリズムの歌五〇首」に選ぶなど、一部では評価する歌人もいた。この歌を収録した大辻の歌集『デプス』（二〇〇二年）は、寺山修司短歌賞を受賞した。

だが、問題作であるにもかかわらず、歌集を紹介する記事でなぜか言及されない。言及されても「テロを起こした人物たちになりかわって詠んでいる」などと誤解されたりして、まともな論評はほとんどなかった。その中で敢然と異議を唱えたのが、石井辰彦（63）だった。

石井は大辻にインターネット上で公開書簡を送り、論争を挑んだ。さらに歌集『蛇の舌』の巻頭に連作「ほしいままの心で」三十八首を掲載する。〈大《おほい》なる殺戮《さつりく》の日《ひ》に……壮《サウ》快《クワイ》、と、叫んだ冷血漢《ひとでなし》もゐたけれど〉などと、大辻の歌を激しく批判した。

オペラを愛する石井は九七～九八年、詩の朗読を研究するためニューヨークに滞在している。〇一年春には半年後にテロ攻撃で倒壊する世界貿易センタービルを訪れ、屋上から街を眺めたこともあった。同年十二月には跡地の「グラウンドゼロ」に立ち、打ちのめされていた。だから、大辻の歌に「びっくりしました、何てひどいことを書くのかと。単純に言えば、許せなかった」という。

石井に対し、大辻はその瞬間に感じた「心情の誠」を歌にしたと反論した。その後もやり取りはあったが。結局、短歌ではどこまで表現していいのかといった本質的な議論は深まりをみせず、平行線のまま終わった。一首は大辻の代表歌となるとともに、9・11を象徴する歌の一つとなった。

冒頭の一首ばかりが注目されたが、「紐育空爆之図」の連作には、犠牲者の側に思いを寄せた歌もある。

肉片の混じる瓦礫《がれき》をはこびゆく悲しみは、だが、信頼できる

「政治的にテロリストに与《くみ》する意識はなかったんです」と、大辻は話す。瓦礫の下の人

間の悲しみには共感する。だが、国家としての米国の振る舞いは許せない――。そうした心情の発露として一瞬、テロリストに共感したことが、テロリズム肯定と受け取られてしまった。大辻は今、「無防備だった」と振り返る。

今も社会詠を作るが、慎重になっていると言う。「政治的なメッセージととらえられてしまうので、声を上げにくい。不自由さを感じます」

▲米ニューヨークの世界貿易センタービルにハイジャック機が突っ込み、世界に衝撃を与えた米中枢同時テロ（右上、右下）。事件をモチーフにした大辻隆弘（左）の歌は、論議を呼んだ

翼のべ空飛ぶ鳥を見つつ思う
自由とは孤独を生きぬく決意

鶴見和子《つるみかずこ》『山姥《やまんば》』

倒れたから分かった

異変が起きたのは一九九五年十二月二十四日午後四時のことだ。社会学者の鶴見和子（一九一八〜二〇〇六年）は東京都内の自宅で倒れ、救急車で病院に運ばれた。過労がたたっての脳内出血だった。

連絡を受けた妹の内山章子《あやこ》（87）が、左半身不随でベッドに横たわる姉に付きそう。章子によると、出血は止まったものの意識が混濁し、夜にはうめき声が聞こえた。和子は夢を見ていた。一晩中夢を見て、それがそのまま言葉となってほとばしる。「まず英語から出てきて大きな声でぺらぺらしゃべっていました」

次いで飛び出したのが、短歌だった。

一条《ひとすじ》の糸をたどりて白髪の老婆降りゆく底ひより新しき人の命蜻蛉《とんぼ》の命登りゆく輪廻転生《りんねてんしょう》の曼陀羅《まんだら》図

このように最初は歌の形になっていなかったが、だんだん三十一文字に収まってくる。それを一首ごとに章子が書き取った。

和子は少女時代、佐佐木信綱（一八七二～一九六三年）に歌を習い、歌集も出している。戦後は学問に力を注ぎ、半世紀近くやめていたが、倒れてから〈急に重しがポーンと飛んだようにマグマが噴き出してきたんです〉（二〇〇四年十月の最後の講演）。「短歌を杖《つえ》として」生死の境を乗り越えた和子は、亡くなるまでの十年あまりを歌とともに生きることになる。

和子は、政治家で作家の鶴見祐輔（一八八五～一九七三年）と、満鉄初代総裁で内相などを歴任した後藤新平（一八五七～一九二九年）の娘愛子の長女に生まれた。弟で哲学者の俊輔（一九二二～二〇一五年）が「一番病」と揶揄《やゆ》するほど子供のころから勉強熱心で、抜群に成績が良かった。一九三九年に二十一歳で米国の大学に留学した。四一年からコロンビア大学大学院で哲学を研究したが、年末の日米開戦により帰国を余儀なくされた。

戦後は俊輔らと『思想の科学』を創刊。再度の米国留学で社会学博士号を得て、在野の学者・南方熊楠《みなかたくまぐす》（一八六七～一九四一年）や水俣病を研究した。水俣病患者の個人史を聞き取りする中で、これまでの社会学の限界を悟り、地域の中にある力を生かして地域が自ら発展を目指す「内発的発展論」を提唱した。

さらに「異なるものが異なるままに共に生きる道を探求する」という熊楠の曼荼羅《まんだら》の思想を重ね合わせて、現実の世界を支配している破壊や排除の論理に対抗する論考を発表し続けた。七十代半ばをすぎても、その思想は深化していったが、無理を重ねた体がついに悲鳴を上げた。

左半身は死んでいて、右半身は生きている。和子は、そんな自らの体の不思議をも研究の対象にした。ある日、章子にこう言った。

「一つの体の中に死者と生者がいるわけよ。おもしろいのよ」

病を得て、水俣病患者への理解も深まった。「わずかですけれども患者さんの痛苦がわかるようになった」「病気のおかげだと思いました」

優等生の和子のことをばかにしていた俊輔は、その姿に認識を改め〈脱帽しますよ。偉いと思う〉（『鶴見和子を語る長女の社会学』）と言った。

最後の日々を過ごした京都府宇治市の老人ホームでは、よく車いすでベランダに出ては、野鳥を観察した。長い間、いつも全力投球でやってきた。でも鳥はいつでも空を飛んでいるわけではない。枝に止まってじっとエネルギーを蓄え、ひゅっと飛んでゆく。

その様子に「私は間違ってた」と気づいた。

「働く時はうんと働いて、休む時はうんと休む。働きと休息とのうまいリズムをとっていかなきゃ生きられない、ということがわかったの」

二〇〇四年二月九日、一つの歌が生まれた。


翼のべ空飛ぶ鳥を見つつ思う自由とは孤独を生きぬく決意

和子は、どんな相手にも臆せず意見を言った。常に精神の自由を貫いた背景にあったのは、生涯を一個人として生きてゆく「孤独を生きぬく決意」だった。

晩年、気にかけていたのは世界平和だった。世界の平和を願い、数々の歌に残した。ノートに筆ペンで書いた歌稿が遺《のこ》されている。


わが去りし後の世に遺すことばとて九条を守れ曼荼羅に学べ

生類の滅亡に進む世にありて生きぬくことぞ終《つい》の抵抗

〇六年四月十六日にこう意気軒高に詠んだ和子だが、五月末に背骨を圧迫骨折してから、急速に死に近づいてゆく。大腸がんで逝ったのは、七月三十一日正午すぎ。八十八年の人生だった。その日の朝、枕元に集まった章子らに「しあわせ」「しあわせ」「ありがとう」と何度も繰り返した。

遺骨は花びらとともに、熊楠の愛した紀州・神島《かしま》に近い紀伊水道に散骨された。和子は生前、周囲にこう語っていた。

「水はいつも天地《あめつち》をめぐっていて、どこにでもゆける。自由に生きてきたものは、死後も自由でありたい」

▲晩年を歌とともに生きた鶴見和子（右）。最後の1カ月半は、妹の内山章子（左）が看護記録（下）をつけながら支えた。中央上は、遺された歌稿

調べより疲れ重たく戻る真夜
怒りのごとく生理はじまる

道浦《みちうら》母《も》都《と》子《こ》『無援の抒情』

われらがわれに還りゆくとき

一九六八年十月二十一日。ベトナム戦争反対を訴える国際反戦デーのこの日、東京・新宿駅は角材を持ち、ヘルメットをかぶって押し寄せた学生たちで、混乱を極めていた。学生側の大義名分は、ベトナム爆撃に使われる燃料を積んだ貨物車の輸送阻止だった。中には投石や放火をする者もいて、交通機能はまひした。全学連（全日本学生自治会総連合）の一角を占めていた中核派のシンパで、早稲田大学文学部の学生だった歌人・道浦母都子（68）もその渦中にいた。

御茶ノ水駅から総武線に乗り、リーダーの指示で、代々木駅付近で止まった電車から一斉に線路に飛び降りる。そこから新宿駅に突入したが、待ち受ける機動隊のクモの巣に次々とからめ捕られ、捕まってゆく。道浦は西口へと逃れ、塀を乗り越えて駅の構外に脱出した。世に言う新宿騒乱事件。警視庁は関わった学生らに刑法の騒乱罪を適用することを決め、拘束した学生たちを勾留した。その数、七百人余。

「私、たぶん捕まる」。十二月初め、大阪の実家に帰った道浦は、母親にこう告げると、東京にとんぼ返りした。翌朝六時ごろ、部屋に公安の刑事がやってきた。五人ほどの男たちが部屋に踏み込み、室内を捜索する。下着まで一切合財ぶちまけても、何も出てこない。ガサ入れを警戒し、既に仲間の部屋に移してあった。資料の所在を聞かれても黙ったままの道浦に一人が逮捕状を示し、「来てもらうしか仕方ないね」と言った。

近くの警察署を経て、女子房のある警視庁板橋署に移された。名前を呼ばれても返事をしない。本人であることすら認めない完全黙秘だった。代わりに「板橋二十号」の名がついた。ストレートの髪を長く伸ばし、仕立ての良い服を着たおしゃれで理知的な女子学生。マドンナのような存在で、当時、隣の下宿に住んでいた友人の丸田真里子（68）が「まぶしかった」という道浦だったが、意志は強固だった。

取り調べは容赦なかった。刑事が入れ代わり立ち代わりやってきては、朝から晩までののしる。かと思えば、次の日はやさしくする。

「丸椅子をけとばされてこけたり、『いいおっぱいしてるな』と言って胸をもまれたりしたこともありました」

心の中で一から十まで指を折り、何も耳に入らないようにした。「しゃべったら一生後悔する」。固くそう信じていた。二十日間の勾留の終盤、調べから戻ると、生理が始まった。

「こうして頑張っている時に、女性であることをむざむざと知らされる。恨みました」あいにく、この日の当番の看守は男性だった。入浴時に詐欺の疑いで別の独房に勾留されていた年配女性に相談すると、代わりに伝えてくれた。

年末になり、釈放された。実家に帰ると、母は「お嫁に行けない」と騒いだ。父に頬を張られたが「立ちあがらないあなたこそ間違っている」と思った。

いたたまれず、ひとり東京に戻った。近所の電柱の張り紙で、町工場の職を見つけ、油まみれで働きながら仲間たちの支援にあたった。

学生組織の全共闘（全学共闘会議）が占拠していた東京大安田講堂が「落城」した六九年一月十九日、道浦も現場に向かった。だが警戒が厳しく、近づくことすらできない。下宿に帰ると、敗北感とともに歌が込み上げてきた。

炎あげ地に舞い落ちる赤旗にわが青春の落日を見る

ほどなくして胆のうの病気が悪化して入院した。デモの際、機動隊員に蹴られたことが遠因だったという。母が迎えに来て、実家に戻った。大学は休学（後にリポートを出して卒業）し、保育所で働いた。歌誌『未来』を主宰する近藤芳美（一九一三～二〇〇六年）の知遇を得て、本格的に歌づくりを始めるのもこのころだ。

大学院生の男性に見初められ、結婚。夫が大学に職を得て赴任した松江や広島で暮らしながら歌を作り、激動の時代をひとり見つめ直した。

七五年に『未来』の仲間と合同歌集『翔』を出し、八〇年には単独で歌集『無援の抒情』をまとめた。この間、道浦が正しいと信じていた運動は閉塞《へいそく》していった。多くの学生は何もなかったかのように卒業し、就職した。一方で内ゲバが繰り返され、ついには十四人もの仲間を殺害し、長野・あさま山荘に立てこもった連合赤軍事件に至った。

明日あると信じて来たる屋上に旗となるまで立ちつくすべし

死ぬなかれ撲《う》つことなかれただ叫ぶ今かの群れに遠く生きつつ

悲惨さを増す光景を遠くで見つめながら、自らの感情をたどってゆく。道浦はそうして歌を作るほかなかった。歌集では、学生時代を振り返る作品を「われらがわれに還《かえ》りゆくとき」と題している。

「結局、人間はひとりなんです。だけど、あるとき私たちは『われら』の幻想を抱いた。つかの間の幻想でした。全共闘って何か、わからない。一生わからないと思います」

二度の結婚、離婚を経て歌人、作家として活躍する道浦は今、かたくなだった当時の自分を「『ねばならない』とか『すべし』に取りつかれていた」と振り返る。

「『ほどほど』とか、『適当』も人生には必要なんですよ」。時をさかのぼれるなら、そう声をかけてやりたい。「でもイノシシですから。直りませんね」

▲新宿騒乱事件で駅への乱入を試みた学生たち（中）の1人だった道浦母都子（左）。体験を赤裸々に詠んだ歌集『無援の抒情』（右）は反響を呼び、今も版を重ねる。右上は当時の道浦

あとがき

短歌は三十一音の織りなす小さな世界です。この世界の扉や窓は、私たちの前に開かれています。すぐれた短歌には、ふくらみや奥行きがあり、扉や窓からその豊かな世界を垣間見ることができます。

けれども、どんなに目を凝らしても、見えるのは私たちの視力の範囲であり、空や海の透明度の範囲であり、それらを超える部分を見る想像力、心の眼の視野の範囲にしかすぎません。

一首の背景を探り、一つ二つ補助線を引くことで、その範囲の外側まで見ることができたらどうだろう。もっと深く、もっと豊かな歌の世界に出合えるのではないだろうか。「一首ののがたり」の取材を始めたのは、そんな考えからでした。

と言っても、そんなに簡単に秘められた世界が見えるはずもありません。それでも資料を集め、何とか粘って取材します。そうするうちに見えてきたことがあります。歌人たちの創作の裏にある壮絶な格闘、ドラマティックな人生の断片、群肝の心の叫び……。そうした外側の世界に運よく触れることができたら、新鮮な驚きが待っています。一首の味は濃くなり、深みが増します。そのことを、文字通り体感してきました。

私は歌詠みの端くれなのですが、こうして取材を掘り下げることにより、新聞記者であるだけでなく、歌詠みとしても大いに刺激を受け、勉強になりました。

この本は、二〇一三年二月から一五年二月まで二十七回、東京新聞、中日新聞、北陸中日新聞の夕刊文化面に掲載してきた「一首のものがたり」を加筆、修正してまとめたものです。取り上げた歌には、広く愛誦される歌もあれば、ほとんど知られていない歌もあります。有名な歌人の歌もあれば、市井の短歌愛好者の歌もあります。いずれの場合でも私が目指したのは「必ず新しい発見があること」でした。

毎回うまくいったわけではありませんが、たとえば、『きけ わだつみのこえ』で知られる京都帝国大の学徒兵・木村久夫の回では、取材がきっかけで、これまですべて獄中で入手した哲学書（田辺元『哲学通論』）の余白に書かれたとされてきた遺書がもう一通存在することが分かり、ささやかながら歴史を塗り替えることができました。詳しくは二通の遺書全文を収録し、解説を加えた拙著『真実の「わだつみ」　学徒兵 木村久夫の二通の遺書』（東京新聞）をお読みいただければ幸いです。

昨年五月の連休中に、うれしい出来事がありました。「引き裂かれた『永遠の愛』」の回の金城英子さんと、かつて恋人だった高橋富男さんのご遺族が対面し、高橋さんの墓前でともに手を合わせたのです。戦争に仲を引き裂かれて七十五年、ふたりの再会はかないませんでしたが、お互いの子供たちが願いを叶えました。

取材を続けていると、時にこのような僥倖があります。

二十七回もの連載を続け、本にまとめることができたのは、関係者の方々が、貴重な手紙やノートを見せてくださったり、時間をかけてお話を聞かせてくださったりしたからです。そうしたご厚意なしには、連載は不可能でした。ここで名前を挙げることができませんが、取材に応じてくださったすべての方々に、深く感謝いたします。

連載の際は毎回、デザイン課のデザイナーの皆さんにコラージュを作ってもらいました。それらはこの本にも転載しています。校閲の担当者は間違いをチェックし、整理の担当者は紙面を作ってくれました。書籍化に関しては出版部の山﨑奈緒美さんにお世話になりました。皆さん、ありがとうございました。

二〇一六年二月

加古陽治

加古陽治（かこ・ようじ）
1962年愛知県生まれ。東京外国語大卒業後、中日新聞社（東京新聞）入社。司法、教育、ニュースデスクなどを担当後、文化部長（現職）。2002年度新聞協会賞を受賞した連載「テロと家族」取材メンバー（米国取材担当）。福島第一原発事故後、原発取材班の総括デスクを務め、取材班は、第60回菊池寛賞を受賞。担当する「平和の俳句」が昨年、平和・協同ジャーナリスト基金賞大賞などを受賞。編著書に『真実の「わだつみ」 学徒兵 木村久夫の二通の遺書』（東京新聞）、共著に『レベル7 福島原発事故、隠された真実』（幻冬舎）、『原発報道 東京新聞はこう伝えた』（東京新聞）など。歌詠みでもあり、第54回角川短歌賞次席。

一首《いっしゅ》のものがたり
短歌《うた》が生《う》まれるとき

2016年4月27日　初版発行

著　者　加古陽治
発行者　三橋正明
発行所　東京新聞
〒一〇〇-八五〇五 東京都千代田区内幸町
二-一-四　中日新聞東京本社
電話［編集］〇三-六九一〇-二五二一
［営業］〇三-六九一〇-二五二七
FAX 〇三-三五九五-四八三一

装丁・組版　常松靖史［TUNE］
印刷・製本　大日本印刷株式会社

ISBN978-4-8083-1011-0 C0092